三角的距離無限趨近零 3

Bizarre Love Triangle

岬 鷺宮
Misaki Saginomiya
illustration◊Hiten

「——這是我第一次參加文化祭！」

Kadokawa Fantastic Novels

「春珂，我不能跟妳交往。」
「畢竟我當初那麼努力才教會你扮演角色的技巧。」
「……只是覺得這樣贏不了。」
「矢野同學──你剛才絕對心動了。」
「──矢野學長～～！好久不見～～！」
「──四十五分鐘啊……」
「請你認真思考一下……這種心情。」
「我不是很喜歡那女孩……」
「無聊死了。」
「──絕對不要搞錯了。」
「既然這樣──我們就以這些成員來演『人偶戲』吧～～！」
「我有些話想說。」
「明明有秋玻這個可愛女友了……你還真是個罪孽深重的男人……」
「……騙人。」
「那……我要出發了。」
「……矢野同學，等一切都結束以後，記得到辦公室找我。」
「……對不起，我果然還是喜歡你。」
「……唉～～無聊死了～～」
「──你為什麼不跟春珂學姊交往呢？」
「嗚、嗚哇啊啊啊啊啊啊啊啊啊……！」
「……可能是我錯了。」

featuring
Akina
Kirika

這一瞬間——時間暫停了。
一切感覺都離我遠去。
只有她的歌聲——傳進我的腦海。

「……你看到了吧？」

三角的距離無限趨近零 3

Bizarre Love Triangle

岬 鷺宮
Misaki Saginomiya

illustration◊Hiten

Kadokawa Fantastic Novels

序章
Prologue

騎著色鉛筆出發吧，到地獄買甜點

「——矢野同學，我喜歡你！」

——地點是逐漸被染成蜂蜜色的放學後社辦。

春珂這句話，讓我腦海中發出純白的閃光。

「我從以前就一直喜歡你了！雖然沒有說出來，但我最喜歡你了！」

不管是意識、思考還是視野，全都被炫目的純白填滿。

我已經連自己身在何處都不曉得——聽到的蟬鳴聲——聞到的蠟油味——看慣的社辦光景，也朝著意識的彼端遠去——

「——我喜歡你！超級喜歡！」

面對這樣的我——春珂用歌唱般的聲音如此要求。

「——請你跟我交往！」

沒有甜蜜，沒有痛苦——就只有純粹的震撼。

腦髓受到撼動，我幾乎失去區別天地的能力。

在搖擺不定的視野中，沐浴在風中的春珂笑了。
裙襬有如剛洗好的床單隨風飄舞，臉上綻放著光彩奪目的笑容。
還有那雙在好幾億光年的黑暗中寄宿著超新星的閃亮眼睛——
——我喜歡你。
這句話在腦海中再次迴響。
有了這劑強心針，總算讓我的腦袋重新開始運作。以加上通訊限制的線路般的緩慢速度，我慢慢搞懂自己的處境。
——春珂喜歡我。
想要跟我交往——
……這絕非出人意料之事。
關於這個事實，在許多地方都能找到蛛絲馬跡——
即使如此，她親口說出的這句話依然有可能大幅改變我們之間的關係。心跳像是急速發車一樣猛然加速，全身都在微微顫抖——
「——抱歉。」
正因為如此，我根本不需要考慮。
「春珂，我不能跟妳交往。」

我明白地這麼告訴她。

雙腿牢牢地站在地上，大口深呼吸後，視野總算恢復清晰，周圍離我遠去的聲音也回來了。

「我喜歡秋玻。現在也只喜歡她一個人，不好意思，我對其他女生不感興趣。」

——我被朋友告白了。

——可是，我已經有女朋友了。

——而且她們的交情非常好。

既然如此，那我該做的事情以及該擺出的態度，根本不必多想——

——我必須明白地拒絕她，連一點希望都不留。

「妳的心意令我很高興。能夠讓妳這麼說，我覺得很幸福。」

這些話很自然地脫口而出，臉上也沒有一絲迷惘。

我並非毫無罪惡感。

春珂的時間已經所剩無幾了吧。既然如此，我或許應該在這段期間陪伴她，當她的冒牌男友才對。

「可是——」

我已經不想再說謊了。不管是對誰，我都不想偽裝自己。

所以，我握緊拳頭——告訴她這個結論。

「——對不起。我們以後還是繼續當普通朋友就好。」

——心中掠過一絲苦澀的悔意。

然而——我非常清楚。

這是我至今依然無法擺脫的「想說謊的欲望」。那是一種想扮演角色，想偽裝自己的反射性情感。我絕對不是對「拒絕告白」這件事感到後悔，也不會為此所惑——

面對壓抑自身情感的我，春珂瞇起了眼。

那是一種似笑非笑，似哭非哭的複雜表情。

我忍受著即將失控的劇烈心跳，做好面對強烈反應的心理準備。

她也許會哭出來，也許會出聲怒罵。而我當然應該接受那種程度的懲罰。

然而——

「……啊哈哈～」

她露出洩氣的表情，傻乎乎地笑了出來。

「我想也是。我就知道你會這麼說～畢竟是我突然向你告白。對不起，我真是太冒失了～～……」

那種毫無緊張感的聲音，讓我有種白緊張一場的感覺。

……難不成春珂是在開玩笑？剛才告白只是在耍我，其實她根本不是認真的……？

然而——

「可是……我是不會放棄的。」

露出勇敢的笑容後，春珂斬斷我心中的卑鄙期待。

「就是現在，我的戀情肯定才正要開始……你要有心理準備。」

迷惘從春珂臉上消失。與我對峙的她全身都散發著希望。

給人一種有如「故事」主角般的感覺——

而無法與她配對的我——不知道該做何回答。

社辦裡的悶熱空氣讓一道汗水流過背後。

春珂踩著輕快的步伐轉過身，走向敞開的窗戶。

「……啊～～真教人期待呢。」

春珂把手擺在窗框上，小聲自言自語。

「我現在就等不及要迎接新學期了～～不知道第二學期會有什麼樣的日子在等著我們……」

然後——她回過頭來，露出稚氣的笑容，輕輕歪著頭。

「……矢野同學，你覺得呢？」

第十二章
Chapter.12

a Janus-Girl in ♥

Bizarre Love Triangle

三角的距離無限趨近零

——9月3日，星期一。

早晨的陽光以無異於盛夏的熱度烤著地面。

搖曳不定的熱浪、帶有濕度的空氣味道、駛向遠方的巴士引擎聲……

在因為不規則反射的陽光而被染成一片白的景色中——我久違地走在通學路上。

——從那次告白後，一直到今天。

隔著暑假的這四十多天——讓我覺得有如永遠般漫長。

我不是跟大家一起用功讀書，就是去游泳池玩。不是拿著智慧型手機度過鬱悶的夜晚，就是一個人去便利商店買便宜冰棒。

這些不久前發生的事情，如今已像是幾十年前的往事。

不知不覺間——我或許意識到了。

這種悶熱的氣溫，還有鑽進耳朵直達腦中的蟬鳴聲，以及身上揮之不去的難受汗水——說不定永遠沒有結束的一天。秋天不會到來，第二學期也不會開始，這樣的日子將會永遠持續下去。

所以——

「……矢野同學，早安。」

我來到水瀨家門口。

看到站在那裡的少女後——我鬆了口氣。

她有著清爽的聲調，以及凜然中帶有些許寂寥的氣質。

有如濕潤水晶球的眼睛靜靜注視著我，嘴角掛著淺淺的笑容。

少女用雙手拿著書包對我微笑。

她就是我那如夢似幻卻又凜然獨立的——女友。

「嗯，早安，秋玻……」

我緊盯著她那身剛洗好的純白夏季制服與柔嫩肌膚——並暗自慶幸出現的人是秋玻。如果重逢的對象是春珂，我可能連自己該如何面對她都不知道。

久別重逢的喜悅與些許緊張，還有莫名其妙的羞澀，讓我陷入沉默。

「……我好想你。」

秋玻往我這邊走近一步——把腦袋靠在我肩上。

「矢野同學……我真的好想你……」

「咦，喂……！」

這個出乎意料的大膽行動讓我的心臟猛然一跳。

秋、秋玻到底怎麼了……？居然在光天化日之下主動貼過來，要是被熟人看到該怎麼辦？而且這裡是她家門口，萬一被她家人看到……！

然而——她身體微微使力，整個人靠在我身上。

看到秋玻這個沉默的舉動——我總算發現了。

感到寂寞的人不是只有我。她肯定也是懷著同樣的心情度過這四十多天——

——暑假期間，為了做檢查，秋玻與春珂都在故鄉北海道的醫院住院。

透過不時傳來的Line訊息，我得知她們的日子過得很無聊。

每天就只是在病房與院內各處來來去去。

就連偶爾外出的日子也只能去美食餐廳吃頓飯。

雖然聽說可以讀自己喜歡的書，也能聽喜歡的爵士樂名曲，但寶貴的十七歲暑假就這樣結束，肯定很遺憾吧。

——我稍微想像了一下。

在索然無味的四方形純白房間裡，秋玻與春珂茫然望著窗外的夏天——

只隔著一片玻璃，就把炫目的陽光、揮之不去的熱氣、潮水的味道與街道的喧囂統統從她們身邊隔絕——

她們在這之中度過了名為四十天的永遠——

「……我也很想妳。」

我稍微鼓起勇氣，伸手環抱住她。

「暑假……真的很漫長。我一直想著妳……」

隔著制服傳來的體溫十分炙熱。

秋玻緩緩抬起頭，用淚眼婆娑的臉再次對我微笑。

「真的？那我會很開心……」

「我不可能騙妳吧……走吧，差不多該出發了。要遲到了。」

「嗯，你說得對……」

我們互相點了點頭，並肩走向闊別四十天的學校。

兩三個小學生一邊嘻笑一邊從我們眼前跑過去。

「——四十五分鐘啊……」

「嗯，差不多是這個時間……」

秋玻點點頭，看向從旁邊流過的河水。

鴨子親子在水面上並肩游著，不知名的小鳥從牠們頭上飛向天空。

雖然這個城鎮位於東京二十三區中，但因為到處都保有自然環境，讓這條河聚集了其他地方找不太到的鳥兒。

「也就是說，妳們連要好好上完一堂課都不行了嗎……」

「是啊……不管是長達一小時的外國影集還是午休時間，都得在途中換人了……」

說完，秋玻一臉困擾地笑了。

在她的體內——同時存在著兩個女孩。

一個是個性認真冷靜卻有脆弱之處的「秋玻」——

一個是個性少根筋，總是漫不經心，卻有堅強之處的「春珂」——

身為雙重人格者的她們，每隔一段時間就會人格對調。

我們剛相遇時，這段時間是一百三十一分鐘；放暑假之前則是九十分鐘左右。而第二學期開始後——她們似乎變成每隔四十五分鐘就會對調一次。

像這樣時間漸漸縮短，等間隔時間變成零——副人格春珂似乎就會消失不見。

——直到不久前，春珂還在隱瞞這個事實。

為了避免對身為主人格的秋玻造成困擾，她隱瞞自己的存在，想要在不被任何人發現的情況下消失。

經過我的勸說，她向周圍的人昭告自己的存在。

班上同學都接納了雙重人格這件事，在學校裡也造成不小的話題，聽說她現在還交到了幾位朋友。

只不過——她遲早會消失這點依然沒有改變。

春珂剩下的時間不多了。

正因為如此，我才會希望她能過著幸福的日子……可是——

「……矢野同學，你沒問題吧？」

秋玻擔心地看了過來。

在她身後，幾隻鳥兒從河邊飛走。

「再過一會兒，那孩子就要出現了……我想，她一定很想跟你在一起。這樣你也沒問題嗎……？」

「嗯，沒問題。」

我筆直注視著她，深深點了點頭。

「一切都跟往常一樣，什麼都沒有改變。」

「是嗎……」

秋玻不安地點了點頭，將視線移回前方。

在第一學期結束時被春珂告白，這件事我當然已經告訴秋玻了。

「那就好……」

在望向遠方的秋玻身旁，我——想起被春珂告白的那一天，那次告白後發生的事。

也就是在被完全染成蜂蜜色的社辦裡，向秋玻坦承一切時的事情。

*

「——她這麼告訴你嗎……」

坐在社辦的椅子上，秋玻用幾乎是自言自語的語氣如此說道。

「原來她告白了啊……」

從窗外射進來的夕陽光芒照亮她無精打采的臉龐。

有如鏡面的眼睛映著窗外的橙色。

雖然和緩的風從敞開的窗戶吹進來，但秋玻那因為汗水而緊貼在臉頰上的秀髮絲毫沒有搖晃。

「那、那個……我當然是拒絕她了！」

總覺得她的表情難掩不安，我首先明白地這麼告訴她。

「我說我喜歡的人是妳，所以沒辦法跟她交往。還說我現在沒辦法把其他女生當成異性看待，今後也想繼續跟她做普通朋友。所以，請妳不要擔心！」

「……謝謝你。」

表情總算稍微放鬆後，秋玻輕輕笑了出來。

「嗯，我不知為何就是覺得你會這麼做。我覺得如果是你，一定會這麼說的。」

「……真的嗎？」

「真的。畢竟我們在一起這麼久了，這種程度的事情我還想像得到。」

……聽她這麼說，我突然想到。

秋玻現在看起來會那麼不安，而且有些憂鬱——應該都是因為春珂吧。

秋玻是在擔心向我告白卻被乾脆甩掉的春珂。

她默默垂著眼，看著眼前的桌子。那種陷入沉思的表情果然還是很美。儘管處於這種狀況，我依然有好一段時間都看傻了眼。

就在這時，她彷彿下定決心般從椅子上起身。

然後走到坐在不遠處的我面前。

「怎……怎麼了嗎……？」

聽到我這麼問，秋玻伸出雙手。

「……對不起。」

擁我入懷，緊緊抱住我的腦袋。

——她的胸部貼在我臉上。

柔軟的感觸令人目眩神迷，她的體溫包覆著我的頭。香甜的氣味搔弄鼻腔，讓我差點昏了過去。無法壓抑的慾望讓心臟開始狂跳。

然而——

「……對不起，我還是喜歡你。」

這句話讓我的腦袋稍微冷靜下來了。

保持著被她抱在懷裡的姿勢，我盡可能故作鎮定如此問道：

「……妳為何要道歉？妳沒做什麼需要向別人道歉的事情吧。」

「……那個……」

秋玻的雙手加重了力道。

「我無論如何都希望春珂得到幸福。我希望在我心中誕生的那女孩能夠為自己的誕生，以及與大家共度的短暫人生感到慶幸。」

運動社團社員稀稀落落的吆喝聲從操場傳來。

因為這種氣溫與陽光，還在活動的社團似乎相當少。

「所以，我覺得自己或許應該退讓。就算只有這段所剩不多的時間，也應該聲援春

珂與你的戀情……因為我剩下的時間遠遠比她多……」

……果然如此。

秋玻也是這麼想的。

為了春珂，為了時間所剩不多的她，壓抑自己的情感。

把春珂的情感擺在第一位，想著該如何讓她得到幸福。

——然而……

「可是……看來我實在做不到。」

她終於鬆開手臂後，依然用雙手捧著我的臉頰，往後退了一步。

「我喜歡你……我絕對無法抹滅這份感情。」

然後用貼得很近的眼睛看著我。

她瞇起眼，露出看似痛苦卻又有些幸福的眼神。

「所以，對不起，請讓我繼續當你的女朋友……」

「……我覺得這樣是對的。」

我點頭同意她的決定。

「我也沒辦法勉強自己當春珂的男朋友。」

「謝謝你……」

秋玻在旁邊的椅子坐下後，深深嘆了口氣。

「我有點放心了……」

她臉上毫無疑問掛著笑容，看起來已經放心了。

然而——我還是從中看到了難以消除的罪惡感。

然後……我想起來了。

另一個人格要搶走自己的心上人。

秋玻不久前才經歷過這樣的不安。

或許就是因為這樣，秋玻才能體會春珂的心情，想像她內心的煎熬——無論如何都無法完全擺脫罪惡感。

「……我到底該怎麼面對春珂呢？」

秋玻小聲說出這句話後，像是突然想到了什麼，笑了出來。

「不對，我忘記不管我怎麼做都沒辦法實際面對她了……」

＊

——我漠然看著小說。

第二學期的開學典禮早已結束，我在第一次班會開始前的教室。周遭充滿學生們的交談聲，這裡絕對不是適合讀書的環境。

可是，這部小說流暢的文筆還是不斷將我的視線帶往下一行。據說這種速度感正是作者最強的武器。不過，我個人對此持有不同的看法。

這位作者真正的武器是在那種速度感中不時出現的令人為之震撼的一句話。

『愛子，不喜歡的人的體溫只會加深內心的寂寞，虛假的溫暖只會讓妳感到更冰冷，虛假的交流也只會加大妳跟世界的距離。

嗯，總覺得我現在離世界很遙遠。』

一邊感到共鳴一邊閱讀的我在讀到這段話時不由得屏息。

「虛假的溫暖只會讓妳感到更冰冷」這句話無庸置疑。可是——虛假的交流也只會加大妳跟世界的距離——這句話不知為何在我腦中揮之不去。

『不過愛子，與世界之間的距離這種事，我勸妳最好別去思考。因為「過程」是顯而易見的東西，「距離」卻是曖昧虛幻的東西。』

——與世界之間的距離。

我覺得跟以前比起來已經縮短相當多了。

自從進入高中，我一直都在遠離世界。現在放棄說謊後，我變得遠比以前更接近這個世界。

——可是，我也不曉得原因。

我心中確實存在著無法消除的迷惘。而我很清楚那是須藤造成的影響。

『——大家眼中的我，也是真正的我。』

須藤的這句話就跟小說裡的佳句一樣，一直留在我的腦海中。

所以，我也認為自己只能探尋「過程」。雖然沒辦法澈底掌握距離，但走到這一步的過程現在確實在我腳下。

既然這樣，我只能自己走走看了。

「——你在看什麼書啊～～？」

有些脫線的聲音把我從故事裡拉回來。

抬頭一看，就看到春珂的笑容——那是我在暑假結束後初次見到的開朗表情。

雖然我剛剛才跟秋玻揮手道別，走向各自的座位，但她們似乎立刻就對調人格，馬上跑來找我。

「……這是舞城王太郎寫的《阿修羅女孩》。」

我不曉得該用什麼態度答話，只好用沙啞的嗓音如此回答。

可是，春珂彷彿對這種事毫不在意。

「哦，是我不認識的作家啊……好看嗎？」

「嗯，很有特色，非常有趣。」

「是喔，我是不是也該讀讀看呢……」

春珂蹲下來確認我手中文庫本的封面。

這讓我莫名感到不安。

「……我不建議，這本書對妳來說可能太刺激了。」

「咦！難不成裡面有可怕或獵奇的場景嗎？」

「……嗯，還不少。」

而且還有不少性愛場景，但這種事還是別告訴她吧。

「這樣啊～～……可是，我還是應該挑戰看看吧。畢竟這是你喜歡的小說。」

說完，她挺直背脊筆直注視著我。

「……矢野同學，好久不見。上次見面是第一學期的事了呢。」

春珂露出跟過去一樣的開朗表情。

看到這樣的她，我總算找回以前的感覺。

「……嗯，好久不見。」

然後用自然的語氣如此說道。

「你是不是有點曬黑了？一陣子沒見，你的膚色看起來好像變黑了……」

「嗯，可能吧。因為我經常跟修司還有細野出去玩。」

「哦～真好～我跟秋玻都在醫院，沒什麼機會出去，真的無聊死了～……」

春珂無力地垂下肩膀。看到這樣的她，我忍不住笑了出來。

「啊，對了。」

春珂似乎想起了什麼。

「那個……為了怕你忘記，我有件事要告訴你——」

然後，她把嘴巴貼近我的耳朵——用非常小的聲音如此呢喃。

「——矢野同學，我喜歡你。」

這一擊——讓我無法呼吸。

那個事實再次擺在眼前。春珂的心意讓我反應不過來。

她用勉強能聽見的音量繼續說下去。

「我當然不打算放棄，也不打算一直曖昧下去……別忘記這件事喔——」

「——喂～～！矢野～～！秋玻～～！」

——就在這時，一道聲音傳了過來，救我脫離困境。

「哎呀，兩位才剛放完假就在密談了嗎～～？還是一樣打得火熱呢……」

這個一邊賊笑一邊走過來的傢伙，是雙馬尾蹦個不停的嬌小女同學。

她是須藤伊津佳。

須藤露出跟平時一樣的輕浮表情，來到我們面前。

「哈囉，好久不見～～」

她向我們輕輕揮手。可是……她有個很大的誤會。

「伊津佳～～」

說完，春珂一臉不滿地嘟起嘴。

「我不是秋玻，是春珂啦～～」

「真的假的！抱歉，看你們貼得這麼近，我還以為是秋玻呢！」

須藤輕重合宜地如此道歉。

這傢伙的這種直爽性格，在這種狀況下實在幫了大忙。

可是，須藤接著又露出微笑。

「……話說，看你跟春珂這麼親密的樣子，難不成你出軌了……？」

壓低音量說出這種話。

「明明有秋玻這個可愛女友了……你還真是個罪孽深重的男人……」

「不是啦，妳誤會了——」

我連忙否認。

「——嘿嘿嘿，其實……」

可是，連春珂都笑咪咪地配合她的說詞。

「我們是在說不能讓別人知道的悄悄話……」

「咦～～什麼什麼？什麼悄悄話啊？」

「要是告訴妳，就不算是悄悄話了啊～～」

「喂喂喂，天大的緋聞出現啦……！」

「拜託妳們兩個別亂講話啦。」

我感到全身冒出冷汗，故作平靜地再次吐槽。

「根本沒有什麼緋聞。我們只是，那個……在討論第二學期可能發生的事情……」

「……啊啊，原來如此～～」

須藤一副總算搞懂的模樣，馬上換了個表情。

「畢竟第二學期很長～如果開始準備下個月的文化祭，就會變很忙～～」

須藤不斷點頭並說出這種話。

而我的注意力也完全被轉移到「文化祭」這三個字上。

「……是嗎？已經到這個時期了嗎？」

我不由得小聲呢喃。

「是啊。現在已經是九月了……」

——宮前高中的文化祭是在每年十月舉辦。

以這種規模的公立高中來說，已經算是一場相當盛大的年度盛會。

儘管只有一天的日程，卻排滿了與附近的公立御殿山高中共同舉辦的聯合展示會、舞台表演與各種企畫。每年都會因為附近居民與雙方學生而人潮爆滿。

順帶一提，宮前高中與御殿山高中的合作關係歷史悠久，從五十多年前就開始了。雙方開始合作的契機，似乎是後起的御殿山高中向舉辦文化祭經驗豐富的宮前高中尋求建議。

在那之後，學生們便相當熱衷於這件事，須藤去年也耗費許多精力，打造我們班的攤位——「硬核鬼屋」。她今年應該也早就開始期待了吧。

而我……儘管沒有像須藤那樣，也有些期待那一天到來。

「哦……文化祭啊？」

看著我們對話的春珂一臉感慨地這麼說。

「這可能是我頭一次參加這種活動……」

聽到這句話後——我總算理解了。

對一直隱瞞自己存在的春珂來說，這是她「有生以來第一次的」文化祭。

第一次不是以「水瀨秋玻」，而是以「水瀨春珂」的身分參加的文化祭——

就在這時，教室前面的門被打開，聽慣的聲音在教室裡響起。

「——好啦～～大家都回到座位上吧。」

班導這麼說著走向講台。她就是身材嬌小卻散發出神祕感的千代田百瀨老師。

忙著閒聊的學生們一臉遺憾地回到各自的座位。

在講台上頓了幾秒後，千代田老師朝就座的學生們露出滿足的笑容。

然後如此宣布：

「那麼——第二學期要開始了。」

＊

——從那天以後，春珂的求愛攻勢比我預期的還要明顯。

比如說，烹飪課實習的時候——

「——啊，矢野同學，你很會用菜刀耶～～！把菜切碎的刀法真漂亮！」

「噢，還好啦，因為我在家裡偶爾會切菜……喂，妳靠太近了啦！這樣會被誤會，拜託妳離遠一點啦……！」

「咦～～為什麼～～稍微靠近一點又沒關係。」

「不行，我不想被班上同學懷疑……再說……我真的覺得這樣不好……！」

「……啊～～矢野同學，難不成你想歪了～～呵呵呵～～畢竟我的胸部完全碰到你了嘛～～……」

「我……我不是叫妳別這樣了嗎……！」

比如說，兩人共度午休時間的時候——

「——矢野同學～～你看，這張照片。」

「啊，噢……這是什麼？時尚網站？」

「嗯，這些衣服之中，你喜歡哪件？有沒有我穿了你會喜歡的衣服？」

「……我不會只因為身上的服裝就喜歡上一個人。」

「是喔……那你覺得哪件衣服適合我？」

「這個嘛……像是這件吧……」

「ＯＫ～～！這件對吧！好，很好……嗯，我下訂了！」

比如說，當天放學回家的時候——

「——欸欸，矢野同學，你喜歡秋玻的什麼地方啊？」

「咦，這個嘛……她有很多優點……」

「有沒有什麼你特別喜歡，或是最喜歡的地方？」

「我想想……大概是那種纖細、認真又努力的地方吧……」

「嗯嗯……那我今後也要努力成為那樣的人！這樣你肯定會稍微喜歡上我吧？」

每當發生這種事，我的戒心就會變得更強。我逐漸不曉得該用什麼態度面對她。

然後，當天放學後，我的忍耐終於到了極限──

*

「──你最近跟春珂處得如何？」

視線依然盯著書本不放的秋玻如此問道，讓我心頭一凜。

「在那之後就沒聽你說過這件事……有什麼進展嗎？」

我們所在的社辦今天依然悶熱，空氣中充滿灰塵的味道。雖然我姑且開了電風扇，但和緩的微風似乎反倒助長了這股悶熱，好像連屋裡的灰塵都被攪拌一樣，讓我煩惱著是不是該關掉電風扇。

書架上擺著看似隨時都會垮下來的精裝書，櫃子上擺著蘇聯還存在的地球儀，貼有小灰人貼紙的收錄音機擺在房間角落。

在房裡的一角，秋玻擺出有如西洋畫像的端正姿勢，讀著絲山秋子的書。

面對秋玻的問題──

「……哎，我都快要累死了。」

我想也沒想就不耐煩地如此說道。

然後趕緊改口：

「……啊，呃，我是說，沒有發生什麼大事……嗯，我覺得問題並不大。」

我試著敷衍過去……但同時也對自己虛假的話語感到厭惡。

眼前的秋玻凜然的坐姿，對比我不堪入耳的謊言，兩者間的落差讓我覺得自己很沒用。

「……真的嗎？」

秋玻從書本上抬起頭來。

「春珂有時候還挺強硬的……我原本還擔心她會亂來。」

想也知道，我明顯表現出那種慌張的反應，她一定會起疑。

我深深嘆了口氣。

「……其實我是感到有些困擾沒錯。」

我還是沒說清楚具體情況，只做出這樣的回答。因為我不想讓秋玻擔心，無論如何都說不出口。

「她經常跑來找我說話。可是，我覺得……自己已經明白拒絕她了。」

「是嗎？我就知道會這樣。」

說完，秋玻瞇細眼睛，看起來有些困擾又像是有些傻眼——也像有點開心。

暫時閉口不語後——

「……這些話由我來說或許很奇怪。」

她說出這樣的開場白，接著露出顯而易見的笑容。

「請你……不要對她太苛刻。」

說出這種話的她心情到底有多複雜呢？

這可能很自以為是，但秋玻肯定是真心喜歡我。不過，春珂對她來說也是跟我一樣，甚至是更重要的人。被夾在我們之間，她無論如何都無法不替春珂設想。

「……抱歉，讓妳擔心了。其實我不想……讓妳這麼苦惱。」

「不，沒關係。」

可是秋玻說出這句話，帶著意想不到的開朗表情搖搖頭。

「因為我——已經得到了你的告白。」

那表情讓我覺得有些懷念。

那是我們剛認識時，我經常看到的那種姊姊替妹妹著想的表情——

所以，即使事情已經變成這樣，我還是澈底體認到秋玻有多麼重視春珂。

「光是這樣，我就夠幸福了……」

就在這時，她露出突然注意到什麼的表情。

「啊，才剛講到她就……好像差不多要對調了。」

「……時間已經到了嗎？」

我看著手錶，忍不住如此說道。

相較於能隱約感覺到對調時機的秋玻她們，我只能透過計算時間得知對調的時間點。而現在的時間距離上次從春珂調換成秋玻，確實已經過了四十五分鐘。

雖然暑假結束一段時間了，但我依然不適應這種對調的頻率。我隱約有種被拋下的孤單感覺。

「嗯，幫我向她問好……」

然後，秋玻稍微低下頭，跟平時一樣過了一段時間後就調換成春珂了。

「……啊，是矢野同學耶～～」

發現我坐在對面後，她說出這句話，笑了出來。

「今天的兩人世界放學時光又開始了呢～～」

「妳不要用這種說法啦……」

「因為這是事實啊……啊～～我口渴了。我先去買個飲料喔。」

從椅子起身後，她走向社辦出口。

可是下一瞬間——

「——嗚哇！」

也許是被椅子絆到腳了——春珂的身體大大地傾斜。

然後，她就這樣失去平衡。

「——好痛喔～～！」

在堅硬的地板上摔個四腳朝天。

「妳……妳沒事吧！」

我趕緊衝向春珂。

我有一瞬間懷疑她是故意的……但這八成是我多想了。

因為這女孩原本就有些脫線，這幅光景我也很眼熟。

我第一次注意到春珂的存在——也是在她跌倒的時候。

所以，這次肯定也只是跌倒罷了……證據就是倒在地上的春珂露出相當痛的表情。

「嗚嗚，膝蓋好像受傷了……」

雖然春珂讓我覺得很難搞，但看她這樣我也於心不忍。

「……需要我去拿些消毒藥水之類的東西嗎？保健室應該還開著……」

我一邊這麼問一邊湊過去——然後注意到某件事。

我慌張地把視線從春珂身上移開。

「……嗯？」

春珂似乎也注意到我的反應不太自然。

她低頭看向自己的身體。

「……啊～～……」

發出不知為何有些開心的聲音。

「矢野同學……你看到我的內褲了吧～～？」

春珂露出賊笑，並窺探我的表情。

如她所說——現在的她因為跌倒，裙子掀起來，水藍色的內褲稍微露了出來。

「色鬼～～居然以我摔倒當藉口，想趁機偷看我的內褲……」

「不，妳誤會了，我不可能故意那麼做吧！還有，妳趕快把內褲蓋起來啦！」

「嗯～～可是如果是你，就算被看到，我也沒差～～」

說完，春珂用誘惑的眼神看過來。

「……順便告訴你，這件內褲剛買，跟胸罩是相同款式喔……想不想確認一下？」

——這句話讓我動搖了。

不該有的慾望瞬間湧上心頭。

可是——那絕對不是針對春珂的感情。這女孩跟秋玻共用同一具身體，她的身體也

是秋玻的身體。正因為如此，我才會如此動搖，差點做了不該有的想像，所以這絕對不算是對秋玻的背叛與欺瞞——

「……啊哈哈，矢野同學……」

春珂用莫名熱情的聲音如此說道。

仔細一看，她雙眼濕潤，臉頰泛紅，一直注視著我。

「你的臉紅透了喔～～……」

——罪惡感超越了極限。

我再也忍無可忍——

我當場站起來，一把抓住擺在桌上的書包。

「咦？矢、矢野同學……你要去哪裡啊！」

「回家。」

「咦、咦咦咦！現在還沒那麼晚吧。再多待一會兒不好嗎……」

「……如果妳要那麼做，我就沒辦法繼續跟妳待在一起了。」

「矢……矢野同學！等等我啦！」

春珂連忙起身拿起書包，追在走出社辦的我後面。

——秋玻叫我不要對她太苛刻。

我也不想跟她保持距離，或是故意躲避她。

就算這樣，一旦她做出這種事，我也沒辦法繼續維持現狀。

如果她的追求行動超過正常範圍，想像那樣用美色誘惑我，為了劃清界線，我就必須重新思考該如何與春珂相處。

「矢野同學，等我一下啦！」

我快步前進，春珂探頭看向我的臉。

「別、別那麼生氣嘛……我只是希望你能多在意我一點……」

「……可是，既然妳都做出那種事了，我也得重新考慮一些事情。」

「那是因為如果我不那麼做，你根本不會在乎我……」

「就算妳那麼做，我也不會喜歡上妳。」

「……騙人。」

春珂明白地——如此斷言，讓我的心臟猛然一跳。

「矢野同學——你剛才絕對心動了。」

——沒那種事。

雖然不知道在對誰說，我還是想為自己辯解。

我絕不是對春珂心動，而是對秋玻心動。

這也是理所當然。我跟秋玻是情侶，還曾經一起上過賓館，對方也明白告訴我她有那種慾望。我還摸過她的身體。

要是與她共用身體的春珂不會讓我心動，反而是不自然的事——

所以——

不管是我現在莫名劇烈的心跳，還是看到受傷焦急的春珂所感到的心痛，肯定都是針對秋玻的情感……

就在我快步前進時，我們來到了學校玄關。

「……總之……」

我一邊脫掉室內拖鞋換上皮鞋，一邊硬是重新切回正題。

「我要重新思考一下今後跟妳相處的方式……不管是在放學後還是休息時間。」

「……唔～～！」

春珂握緊拳頭，默默瞪著我。

「你這個壞蛋！竟然連機會都不給人家！」

雖然春珂的口氣並不強烈，還是讓我感到一陣心痛。

其實我也不想那麼做。

「可是沒關係！」

春珂用力哼了一聲後，慢吞吞地開始換鞋子。

然後，她露出心意已決的表情向我如此宣言：

「既然這樣——我就自己製造機會！」

*

結果，我們還是並肩走在放學回家的路上。

當我們一言不發地離開學校通過車站，來到善福寺川附近時，我終於忍受不了這種尷尬的沉默，冷不防地開口。

「……對了，那本日記最近怎麼樣了？我好像很久沒看見了。」

我、秋玻和春珂三個人以前寫過交換日記。

在春珂的提議之下，我們開始輪流把當天發生的事情與心得寫下來，就是那種非常普通的交換日記。

雖然我剛開始覺得很麻煩，卻在不知不覺間把這件事當成習慣。所以，我才會在意有好一陣子不見的那本日記跑去哪裡了。

「……啊～～你說那本日記啊～～……」

春珂走在滿是個人商店的街道上，露出苦笑。

這個時段的太陽依然高掛在天上，悶熱的空氣讓人感到夏天還沒結束。

在有如置身熱帶的溼度中，春珂難以啟齒地支吾其詞。

「……其實已經停下來沒寫了。」

「……咦？停、停下來沒寫？」

這個意想不到的回答讓我叫了出來。

「為什麼……？難道說，妳搞丟了……？」

「不是啦……那本日記還在我這邊……」

春珂搖了搖頭，稍微低下頭。

「只是從那天以後……我們就沒在日記上寫東西了……」

「……真的假的？」

——我們就沒在日記上寫東西了。

這個事實明白揭露了一件事——那就是她們的關係改變了。

——我們剛認識時，秋玻與春珂還是命運共同體。

她們重視彼此，不依靠別人。

然而——她們的感情出現了小小的裂痕。

「原來我不在的時候……暑假期間發生了這種事啊……」

「……不過，我覺得這是當然的結果。」

即使如此，春珂還是這麼說，並且微微一笑。

「畢竟對秋玻來說，我可是突然在交換日記上向她男友告白——」

『——我喜歡你。』

那一天，春珂在交換日記上寫了這句話。或許對秋玻來說，那確實不是看了還能平心靜氣的文章，要繼續接著寫日記或許會讓她感到抗拒。

「……不光是日記。」

情緒潰堤的春珂開始說個不停。

「各方面的交流也都完全停止……不管是用智慧型手機分享情報，還是用便條紙溝通，全都沒在做了……」

「……這樣啊……」

緊接而來的衝擊讓我獨自緊咬下脣。

被她這麼一說，我才發現她們好像確實沒有以前那麼頻繁地操作智慧型手機了。

此外，無法掌握自己沉睡時發生的事情的狀況好像也變多了。

……原來如此，沒有交流溝通，不再分享記憶，對她們來說就是這麼一回事吧。

「不過，其實這也沒有真的讓人非常困擾……」

春珂有氣無力地繼續說下去。

的確，拜她們不再隱瞞雙重人格所賜，這並不會造成太大的問題。

可是，問題的本質並不在那裡——

「……她會生氣也是當然。畢竟我想搶走她的男友……」

依然保持微笑的春珂如此說道。

她的臆測——肯定是錯誤的。

秋玻並沒有生氣。

她只是考慮到春珂的心情，自己想太多罷了。她只是不知道該如何面對春珂。

只不過……正當我想向春珂說明這件事時，我趕緊閉上嘴巴。

我總覺得自己不該擅自替秋玻說出這件事。因為我就是害她們受苦，讓她們的關係出現裂痕的人。

抬頭一看，天空是薄情的群青色，看似堅硬的積雨雲在上面飄浮。

在這幅午後風景中，我驚覺這樣的景色也很快就要改變了。

不管是肌膚感受到的風還是背後流下的汗水，都跟盛夏時毫無分別。可是，事實上八月已經結束，時間來到九月，再過不久就會進入早晚涼爽的季節。高中二年級的夏天不會永遠持續下去。

然而——只有我無法順利融入其中，有種被獨自丟下的感覺。

「……可是……」

站在怯懦的我身旁，春珂用意志堅決的聲音說道。

我轉頭看了過去——而她也正看著我，臉上掛著堅強的笑容。

「我絕對不會放棄……因為這一切都是我自己決定要做的事。所以——我要堅持到底。」

然後不知為何……

就連她那令人困擾的決心，以及本應讓我頭痛的表情——都能讓現在的我從中找到一絲救贖。

*

「——事情就是這樣，我們班必須選出兩位文化祭執行委員。」

站在講台上的千代田老師一邊在黑板上寫出「執行委員」四個字一邊說明。

「大家去年都已經體驗過文化祭了吧?統率並引領其準備工作,就是文化祭執行委員的任務。今後一個月應該會以相當快的步調做準備,我希望盡量募集放學後有自由時間的候選人。」

老師放下粉筆,將雙手撐在講桌上。

「如何?有人想要挑戰看看嗎?」

這個問題——讓教室裡一陣譁然。

——文化祭執行委員。

老實說,我不打算接下這份差事。

因為那很麻煩,活動本身我也不喜歡,就連還在偽裝自己的時期,我也一直盡量避開這種活動。

而且我現在……還有秋玻與春珂的問題要解決,實在沒有多餘心力。就連今天這場班會,我也幾乎把自己當成旁觀者在參加。

跟這樣的我正好相反,對此感興趣的班上同學似乎還不少。

「咦~~我該怎麼辦……」

「御殿山好像有很多可愛的女生~~……」

「長谷部學姊去年被他們學校的男生告白後，兩個人好像就開始交往了……」

我聽到周圍眾人的竊竊私語。

而其中率先發聲的人——

「——我、我～～！我想要試試看～～！」

就是猛然起身，雙馬尾蹦個不停的須藤。

「看過去年的活動後，我覺得那好像很有趣，想要留下回憶！我要報名～～！」

……嗯，我就知道須藤會自願報名。

畢竟她最喜歡這種活動，也很喜歡幕後工作。

「嗯，感謝妳的報名。這樣就有一位候選人了。」

說完，千代田老師在黑板上寫上「須藤同學」四個字。

「還有其他人想試試看嗎？」

——聽到這句話，我自然而然看向坐在窗邊座位的修司。

廣尾修司是個身材高挑、個性穩重的帥哥。

在將放暑假之前，他向須藤告白，結果被甩了。

從那以後，他們花了不少時間，逐漸恢復成原本的關係。我、秋玻或春珂、須藤與修司四個人一起吃午餐的習慣如今也復活了。

不過，他們之間依然存在著些許疙瘩。

所以如果趁機推薦那傢伙擔任執行委員，也許就能讓他們恢復原本的關係……雖然我是這麼想的……

……修司注意到我的視線，轉頭看了過來。

看到我用脣語叫他「上啊」，他露出苦笑搖了搖頭，回我一句「我做不到」。

……別看他那樣，在遇到跟須藤有關的事情時，他似乎都會變得膽小。

修司平常明明是個果斷的傢伙，但遇到戀愛問題也會畏縮不前。不過，我覺得那也無可奈何，只能同樣回他一個苦笑。

「——請問……」

意想不到的聲音在教室裡響起。

「執行委員的工作，那個……是不是很忙？」

——往聲音傳來的方向一看，原來那個人正是春珂。

平常很少主動發言的她微微舉起手。

周圍的學生們一陣騷動。千代田老師不知為何露出有些開心的表情。

「是啊，幾乎每天放學後都會有工作吧。我覺得這工作應該也相當需要體力。」

「那、那麼……只要擔任執行委員，是不是就能跟另一位委員一直在一起？」

這個問題——讓千代田老師稍微睜大眼睛。

而我……則是開始有種不好的預感。

「我只能說這個可能性很高……因為同一個班級的執行委員基本上好像都會被分配到同樣的工作。」

「這、這樣啊……」

春珂點頭如搗蒜。

停頓了幾秒後，她重新開口。

「……那我想試試看。」

說完——她又補上了這句話：

「——跟矢野同學一起。」

——教室裡明顯陷入騷動。

千代田老師露出沉思的表情。「喔喔喔！」須藤發出驚呼看了過來。

秋玻與春珂是雙重人格者，以及我跟秋玻正在交往，已經是班上周知的事實了。

跟我有交情的男性朋友會拿女朋友的事調侃我，秋玻似乎也同樣會被班上女生問到這種事。

所以大家——肯定都是這麼想的吧。

為了讓矢野與秋玻在一起的時間更多，身為副人格的春珂才會貼心地報名參加——

「啊啊啊啊～～！那我要放棄了！嗯！」

如我所料，須藤說出了這種話。

「我可不能當電燈泡！請兩位務必攜手完成你們的第一次共同作業！」

「喂，拜託等一下！」

我忍不住站了起來。

「我都還沒答應要做……」

「你在說什麼傻話啊！這可是春珂令人感動的好意耶！你怎麼可以不接受！」

須藤怒喝一聲，牽動了班上的氣氛。

「就是說啊，矢野～～」「你就答應了吧～～」「別讓女生蒙羞～～」

不曉得內情的班上同學半開玩笑地這麼說。

然後——

「嗯……身為老師的我，也覺得這是個好主意。」

千代田老師露出比周圍眾人冷靜一些的表情，一副只是考慮看看的樣子如此問道。

「如何……？你不試試看嗎？」

*

「……真是被她擺了一道。」

在那場決定文化祭執行委員的會議後，一個星期過去了。

我跟秋玻走在通往附近的御殿山高中的路上。

那間高中位於吉祥寺附近，從這裡大概走十分鐘就到了。只要在住宅區前進，很快就能抵達。

今天的陽光也一樣溫和，吹拂而過的風有些涼快，可說是最適合散步的好天氣。

「沒想到事情會變成這樣。我今年本來也打算平靜度過文化祭的……」

可是，我嘴裡卻一直吐出這樣的怨言。

秋玻滿臉歉意地皺起眉頭。

「……對不起，春珂太亂來了。我也沒想到她會做出這種事……」

「別這麼說，這不是妳需要道歉的事情……」

——結果……

在那之後，我無法改變班上要我參加的氛圍，就這樣跟秋玻與春珂一起被任命為文化祭執行委員。

此外，在後來的全體執行委員會議中，我們被分配到「聯合舞台負責人」的工作。

「聯合舞台」——一如其名，就是由宮前高中與御殿山高中共同舉辦的舞台活動。

這是從兩所學校剛開始進行文化祭交流時就有的傳統企畫，雙方學校的樂團、戲劇社、其他有在活動的團體或個人，都有資格上場表演，沒有類型方面的限制。

只不過，表演者必須有不低的水準。由於當今的高人氣歌手十年前曾經上台表演，還有不久前才擠進世界大賽高名次的學長上台表演過舞蹈，讓這個舞台活動在整個文化祭中也是備受矚目的企畫。有些人甚至認為正是因為有這個舞台活動，雙方才會至今依然共同舉辦文化祭。

……為什麼這麼重要的企畫會交給我這種人負責呢？

而今天正是企畫起跑的日子，也是預定要跟御殿山高中的負責人見面的日子。

「可是……不知道對方會是什麼樣的人。」

因為我是個怕生的人，緊張感都逐漸蔓延到手腳末端了。

「希望是個談得來的傢伙……」

「是啊……」

比我還要怕生的秋玻也表情僵硬地點了點頭。

「我聽說對方似乎……是個相當有行動力的人。」

——對方好像只有一位負責人。

——而且是今年才剛入學的一年級學生！

——聽說對方似乎是個相當有幹勁的傢伙～～！

被任命為今年文化祭執行委員長的三年級學生——糸井學長是這麼告訴我們的。

對方是會主動說要擔任執行委員的人，而且很有幹勁……

不管怎麼想都不是跟我合得來的類型，我真的能堅持到舞台活動揭幕那天嗎……

——正當我對此感到不安時，我們抵達御殿山高中了。

就跟宮前高中一樣，這是間隨處可見的普通公立高中。

水泥外牆已經有些褪色，操場上充滿正在努力練習的運動社員，校舍裡傳來吹奏樂社沒有認真練習的聲音。

可是——原因我也說不上來。

光是來到別人就讀的學校，光是穿著跟別人不一樣的制服，就讓我充分感受到踏進別人地盤的不安。

穿過正門後，那些投向我們的好奇目光也莫名讓人覺得不自在……

我們不經過學生入口，而是從正面玄關走進校舍。

我們在接待處說明來意，拿到訪客證，前往我方文化祭執行委員作為活動場所的特別教室。

然後——

「……就是這裡。」

「是啊……」

這裡是南側校舍四樓。來到那扇門前面，我們先做了一次深呼吸——互相點了點頭後才開門。

「——打擾了。」

我先是大聲地——這麼說。

「我們是來自宮前高中的文化祭執行委員，我叫矢野，她叫水瀨。我們是來討論聯合舞台的合作事宜……」

我邊說邊觀察教室內部。

在這個文件、電腦與資料到處亂放的房間裡——現在只有一位女學生。

其他執行委員似乎全都出去辦事了。

而那個唯一留下來的女生原本忙著在筆記本上寫東西，聽到我的聲音才抬起頭來。

「——啊～～歡迎光臨～～！我等你們很久了喔～～」

她踏著有些輕快的步伐往我們這邊走過來。

「不好意思～～麻煩你們……專程跑一趟……」

然後——她突然停下腳步，睜大了眼睛。

——她有著髮型很有格調的褐色頭髮。

還有不像日本人的雪白肌膚跟穿起來充滿時尚感的制服。

以及一雙讓人聯想到調皮貓咪的大眼睛——

「……矢野……學長？」

從她口中——吐出了我的名字。

「咦……真的是你嗎……？你是矢野學長對吧？」

那女孩——就站在我眼前。

看到這位擔任御殿山高中文化祭執行委員的女生後，我也倒抽一口氣。

「……霧香……？」

＊＊＊

4月4日（一）

在剛開始上的補習班裡，有一個令我在意的女孩。
她是御殿山國中的二年級女生。
即使在整個補習班，她也是相當引人矚目的人，學生與老師似乎都很喜歡她。
我覺得如果是她——說不定能夠拯救我。
身陷絕境無力逃離的我總覺得她能教我打破困境的方法。
於是，我決定鼓起勇氣找她說話——

Bizarre Love Triangle

第十三章
Chapter.13

惹人厭的傢伙

三角的距離無限趨近零

——與她——庄司霧香相遇那天發生的事情，我記憶猶新。

兩年前的春天，以考上宮前高中這所升學學校為目標的我，為了準備考試而決定去上附近的補習班。

我不曾學過任何才藝，也沒參加過校外活動。

所以，在前往車站前面那間補習班的途中，這個初次的挑戰讓我緊張得要死。

……不，其實第一次去補習班並非主要原因。當時的我正漸漸被班上同學排擠。我就是在那段時期因為某個事件在班上變得孤立。或許正因如此，我才會擔心自己不知道會受到何種對待。

——上課內容與教室裡的氣氛，我已經沒有什麼印象了。

只記得在外面天色完全暗下來時，待在被螢光燈照亮的髒亂房間裡上課是很新鮮的體驗。我覺得自己在這裡肯定不會被排擠，那些擔憂都是多餘的。

相對地——我對某人留下了深刻的印象。

那個人就是補習班裡最引人矚目、無論男女都喜歡的一名少女。

——她名叫庄司霧香。

＊＊＊

「——矢野學長～～！好久不見～～！」

我先在桌子對面的附近找了張椅子坐下後，霧香用輝度超過255的開朗聲音如此說道。

「嗯，是啊……好久不見。」

那種沒有太多深意的口氣反倒讓我提高警覺。

「咦～～我們多久沒聯絡了……自從學長進宮前高中之後算起，應該有一年半左右了吧～～？」

「大概差不多吧……」

「哇～～總覺得你變成熟好多～～國中時代的你更像個女生，感覺可愛多了～～」

「……那、那個……」

之前一直一臉不可思議地看著我們交談的秋玻說話了。

「你們兩個……以前就認識嗎？難道你們是同一間國中的學生？」

「噢，不，我們就讀的學校不一樣，只是有去同一間補習班……」

「沒錯沒錯，我們當時感情不錯呢～～」

「原、原來是這樣啊……」

也許是從秋玻略顯不安的表情察覺到了什麼。

「……啊～～難道說～～」

霧香一邊賊笑一邊來回看向我們的臉。

「矢野學長跟水瀨學姊正在交往嗎～～？」

……哎，我就知道她會發現。

反正本來就不可能瞞過她，就算那麼做也沒有好處。

「……嗯，我們正在交往。」

「喔喔～～我果然猜對了～～！」

老實承認後，霧香莫名興奮地探頭看向秋玻的臉。

「居然能得到這種美女的芳心，矢野學長你也真有一套呢～～！……啊，不過水瀨學姊妳大可放心！我跟矢野學長當時並沒有交往，也不是那種互有好感的關係！」

「……啊，是、是這樣嗎？」

秋玻一臉意外地睜大雙眼看過來。

「嗯，我們對彼此並沒有那種感情……」

「這、這樣啊……我還以為你們是那種關係……」

秋玻明顯鬆了口氣。看來她是真的懷疑我們以前是情侶。霧香注視著這樣的秋玻。

「——喔喔～水瀨學姊～妳好可愛耶！」

說完，她難得露出毫無防備的笑容。

「只要是可愛的人，我都喜歡喔。」

*

——我們也不能一直聊往事。

該說的話都說完後，我們便開始討論關於聯合舞台的事情。

我們決定今年也要跟過去一樣，以高品質、高水準的舞台表演為目標。

不隨便公開募集表演者，而是由我們去找想邀請上台表演的團體。

在我們立刻列出的表演者候選名單中，有一位是在宮前高中擔任背景音樂製作人（好像是專門製作合成音樂的人）的學姊。她在網路上發表自己的作品，在那個領域似乎已小有名氣，還會定期到俱樂部表演。

此外，我們還決定從御殿山高中那邊邀請在影音網站越來越受歡迎的樂團，以及即將在全國大賽出場的舞蹈團體。

「……我希望至少能再多邀請一組表演者～」

霧香看著名單，交叉雙臂。

「其他表演者都是音樂系，我想找個其他類型的……」

……那目標應該就是戲劇系、魔術之類的表演系，或是發表某種研究成果的學術系了吧。

話雖如此，我實在想不到在做這類活動的學生，戲劇社也有自己的社團舞台表演。

正當我交叉雙臂陷入煩惱時——

「……我回來了～」

離席去上廁所的秋玻——變成春珂回來了。

她肯定是不願意在初次見面的霧香面前對調人格吧。廁所就在這個房間的正對面，應該不可能迷路，所以她才會跑去那裡對調人格。

因為跟霧香獨處，我會緊張，她回來便讓我鬆了口氣。

「妳回來啦。」

我邊說邊指向椅子，春珂露出平時的傻乎乎表情坐下。

「矢野同學，謝謝你～」

「……奇怪？」

霧香抬起頭，一臉不可思議地看向春珂。

「……咦，妳是水瀨學姊？怎麼給人的感覺差這麼多？」

——對了，我還沒向霧香說明秋玻與春珂是雙重人格者。

「嗯？咦……？這是怎麼回事？難不成是雙胞胎……？」

看來霧香是真的陷入混亂了。

在決定讓春珂擔任執行委員時，這個問題曾經被提出來。那就是該如何向那些新認識的人說明雙重人格的事情。

我們也許有辦法隱瞞。

讓她們像以前那樣假裝是個普通女生也不是不可能辦到的事。

然而——秋玻與春珂都不希望那麼做，想毫不隱瞞地告訴大家自己的狀況。

所以——

「……那個，霧香……我有件事得先告訴妳。」

先說出這樣的開場白後，我開口解釋：

「說出來妳可能不會相信，其實這位水瀨同學……有個特徵……」

「特徵？」

霧香歪頭看向春珂。

「春珂，這位是擔任御殿山高中文化祭執行委員的庄司霧香同學。」

我先向春珂介紹霧香。

「事不宜遲，能麻煩妳說明一下……自己的狀況嗎？」

「啊，噢……嗯，沒問題。」

稍微閉口想了一下後，春珂轉頭看向霧香。

然後——

「……幸會，那個，我叫水瀨春珂。然後，呃，其實我們……是雙重人格。」

她開始畏畏縮縮地如此告白。

「剛才出現的人格是秋玻，現在出現的人格是春珂……我們兩人每隔一段時間就會對調。」

她肯定事先在腦海中做過練習了吧。春珂仔細地向霧香說明一切。

包括她們無法共享記憶，但因為有我從旁協助，應該能順利完成工作。

霧香一臉認真地聽著。

她那種認真的表情——讓我感到不安。

她可能會覺得我們在開玩笑，或是覺得那是自我意識過剩的女生差勁的演技……照理來說應該沒人會馬上相信這種事。

可是——

「——事情就是這樣，可能會給妳添麻煩……還是要請妳多多指教。」

「……喔～～原來如此～～」

聽完這些說明後，霧香露出彷彿看完一部長片的表情，虛脫癱坐在椅子上。

「這樣啊～～原來真的有這種事。」

霧香伸手扶著下巴，一副在想事情的樣子。

「嗯。不過我明白了。也就是說，聯合舞台實際上一共有我、矢野學長、秋玻學姊和春珂學姊這四個負責人對吧～～」

「……咦，那個……」

她的表情完全沒有對我們的懷疑。

看起來像是非常乾脆地接受了這件事——

「妳願意……相信這些話嗎？」

我忍不住如此問道。

「這些話聽起來應該相當荒誕無稽，妳難道都不覺得是謊言嗎？」

「咦？因為從廁所回來的水瀨學姊不管是氣質、表情還是語氣，真的都變得像是別人一樣啊。可是……」

說完，霧香指向春珂的頭髮。

「剛才的水瀨學姊……秋玻學姊的瀏海也有稍微翹起來，還有那個～～……雖然同樣是女生有些難以啟齒……妳睫毛膏結塊的地方也跟秋玻學姊一樣。」

「咦？妳說什麼！」

春珂滿臉通紅，用雙手遮住自己的眼睛。

「睫、睫毛膏有結塊嗎……？會不會很顯眼？」

「是啊，不過其實並不明顯啦～～」

「不會吧～～……我明明已經很注意了……真是丟臉……」

看著她們討論睫毛膏的事，我也從指縫偷偷看向春珂的睫毛……但我不覺得上面結塊有那麼明顯。霧香驚人的觀察力讓我感到有些畏懼。

然後——

「再說～～」

說完，霧香不知為何——對我笑了一下。

「要是有人在我面前『扮演角色』，我立刻就能識破——」

這句話——讓我像被釘住般動彈不得。

「——我是能看穿那種事的人，很清楚妳那不是演技。」

霧香這句話明顯藏有「某種意涵」——

可是，她又再次突然改變表情。

「不過，如果妳是雙重人格者，一切就都說得通了。既然如此，那應該就是真的，而且這樣好像會很有趣，我覺得是件好事～～」

「……是、是喔。」

驚魂未定的春珂點點頭。

然後鬆了口氣，微微一笑。

「那我就能稍微放心了。謝謝妳……」

——這種對任何人都一視同仁的態度，從國中時代開始就是霧香的一大魅力。

她毫無疑問就是那種上流階級型的女生。

她五官端正，情商也高，還有出色的社交能力，就連念書都難不倒她。不光是這樣，如果是能讓她有共鳴的對象，不管是誰，她都會親切對待；但如果是無法讓她有共鳴的對象，被她冷漠對待的情況也不少。

而這樣的霧香願意接受秋玻與春珂，讓我暗自鬆了口氣。

「……事情就是這樣，霧香，還請妳多多指教。」

「嗯，我才要請兩位多多指教～～」

我花了點時間向春珂說明前面發生的事情。

包括會議的進度，以及我和霧香是舊識的事情。

「——原來如此，那我們還需要再找一組表演者對吧……」

「就是這麼回事～～」

霧香高舉雙手，一副想宣告投降的樣子。

「可是，我們想不到合適的對象～～春珂學姊，妳知道什麼合適的人選嗎？」

「嗯～～合適的人選啊……我的朋友還不是很多耶……」

「妳有沒有興趣是演戲之類的朋友？以現在的情況來說，就算要請校外人士當特別來賓也行。」

「嗯～～……那我想一下喔，嗯～～……」

春珂抱頭苦思。

也許是覺得那模樣很有趣，霧香輕聲笑了出來。

「啊哈哈～～秋玻學姊明明是美女系，春珂學姊卻是可愛系女生呢～～」

「咦？可……可愛……？」

「哎呀～～居然能擄獲這兩人的芳心，矢野學長真是左擁右抱呢～～」

「……不，妳誤會了。」

那種說法不知為何讓我心頭一凜。

霧香並不明白我們的現況。可是——

「我交往的對象只有秋玻。我跟春珂……並不是那種關係。」

「……哦～～原來是這樣啊。」

霧香不知為何別有深意地瞇細眼睛看著我。

再次看向春珂後——

「……啊！對了！」

她突然像是靈光一現般叫了出來。

然後用有如找到靈感的發明家的聲音說：

「反正春珂學姊這麼可愛——乾脆親自上台表演算了～～」

「……咦？咦咦咦！要我上台？」

春珂忍不住起身大叫。

「可、可是我……什麼才藝都不會耶！」

「沒問題的啦～～！反正妳那麼可愛，不管表演什麼都會有模有樣，觀眾也會看得很開心的～～！」

「咦，是……是這樣嗎……我能表演什麼呢……」

「喂、喂喂，霧香……」

霧香的邀請實在太過強勢，讓我忍不住插嘴。

「春珂不擅長面對人群啦。而且她真的不喜歡拋頭露面……拜託妳放過她吧。」

「咦～～！學長為什麼要反對！是因為獨占欲嗎～～？」

「不是啦！我跟春珂不是那種關係！」

「……嗯～～」

霧香一臉無法接受地看向春珂。

然後稍微注視了她的臉。

「……可是，春珂學姊看起來不是很抗拒啊。」

經她這麼一說，我才發現春珂依然站著，不停扭動身子。

「……唔、唔嗯。」

她正獨自低聲沉吟。

那表情看起來……確實並非毫無意願。

反倒給人一種非常猶豫的感覺。

「……春珂，妳想試試看嗎？」

「……嗯，嗯～老實說，因為我沒有才藝可以表演，這可能有些困難……」

春珂說完這句話就低下頭，用非常細微的聲音繼續說下去。

「……不過可以的話，我想試試看……」

——真教人意外。

沒想到那個個性內向、不擅長面對人群的春珂居然會說出這種話……

她到底怎麼了？為什麼會做出這種不像是她會做的決定……

可是，看到春珂羞怯的表情以及游移不定的視線後……我在感到一陣心痛的同時理解了。

……原來如此，一切都是因為這次的文化祭。

對春珂來說——今年舉辦的文化祭不光是她的初體驗。

同時也是她消失前的最後一次文化祭——

「……嗯，我明白了。」

我努力不讓聲音顫抖，並點頭表示同意。

既然這樣，我想盡量幫她完成願望。

就算被人說是濫用職權，我也想幫她留下回憶。

我深深吐了口氣，對春珂露出微笑。

「那我們……就朝這個方向研究一下吧。」

*

——討論到這裡，今天的會議便宣告結束。

剩下的議題是活動當天的執行委員致詞。當所有表演者的表演都結束後，我們這些執行委員也要上台致詞，而這個環節過去每年都頗能炒熱氣氛。

雖然我們想事先準備好致詞演講稿，但今天已經沒時間了。於是，我們決定把這當成下次開會的議題。

「——哎呀～～大家都辛苦了～～」

霧香送我們來到正門，露出滿足的笑容看了過來。

「真是太好了呢～～第一天就能順利討論這麼多事情。希望我們之後也能維持這個步調～～」

「是啊。我深有同感。」

我一邊走出校舍一邊茫然仰望天空。

夕陽已經快沉入高樓大廈之間，天空染上了群青與淡粉紅色的漸層，御殿山高中的校舍也染上溫和的暖色。看著這樣的風景……我不知不覺想起了兩年前在放學後前往補習班，以及趕往車站前去見霧香的事情。

沒想到——我們居然會以這種形式重逢。

「——對了，矢野學長，有件事情我一直很在意。」

霧香突然——喊了我的名字。

那是明顯不同於剛才，刻意壓抑情感的平淡口氣。

她停下腳步，露出淺淺的微笑看著我。

「——你現在的角色是不是有些奇怪啊～～？」

——然後明白地如此問道。

「你不是說上了高中要當個更開朗、更會察言觀色的開心果嗎？怎麼會變成現在這樣～～？我總覺得你變成一個個性陰沉的文靜傢伙了耶～～」

聽到她這麼問——我全身都凍結了。

才剛跟春珂對調人格的秋玻也一臉狐疑地看過來。

「你到底怎麼了啊～～？」

心跳以令人難以置信的速度加快，全身都冒出冷汗。

——沒錯。

她當然會這麼問。

對於我現在的生存之道，霧香當然會出言質問。

「……欸，學長，你怎麼都不說話呢？」

霧香臉上依然掛著殘虐的笑容，不解地歪著頭。

「你是不是應該向我解釋一下這件事？包括你上了高中就開始無視我的理由。」

我覺得她說的話很有道理。我肯定有義務向她解釋這些事情。

因為對我來說──

這位名叫庄司霧香的女孩是──

「──畢竟我當初那麼努力才教會你扮演角色的技巧。」

＊＊＊

──當時的庄司同學還只是個國中生。

儘管如此，她的舉手投足卻是光鮮亮麗，引人矚目，俐落優雅。

不管她本人是否置身於群體中心，場面總是被她所左右。

因為我們不在同一間教室，我沒辦法長時間觀察她。不過，每當我在休息室、走廊或回家的路上見到她時，這樣的印象都會得到加強。

然後——在觀察這女孩的過程中……

當時對「角色」這東西變得敏感的我逐漸開始感到懷疑。

這女孩——是不是刻意在扮演角色？

她是不是透過改變言行操控別人對她的印象，巧妙地得到群體中的高階地位——

「——喂，庄司，妳上課的時候完全睡著了吧～～？老師都看在眼裡喔！」

「咦～～真的假的～～？這也怪不得我吧，人家就是想睡嘛～～！」

「那或許不是妳的錯啦。可是，在岸田的課堂上睡覺不太好吧～～！」

「嘿嘿嘿～～要是被他發現，一定會挨罵～～好可怕呢～～」

「……那、那麼，要是妳下次又睡著了，我就用Line叫醒妳吧。妳能不能告訴我ID……？」

「……咦～～！討厭，西川，總覺得你現在的表情好色喔～～！」

「……妳、妳在說什麼傻話啊！我不可能是那麼下流的人吧～～！」

在老舊的休息室，五官端正的運動社團系男生主動進攻，卻被庄司同學巧妙避開。

當時我心中的疑惑已經轉變為確信。

她很顯然使用了溝通技巧得到現在的地位。

證據就是，被明白拒絕交換ＩＤ的西川雖然看起來很難為情，卻絕對沒有對她感到生氣。

——如果我也有這種本領就好了。

如果我也能這麼柔軟地待人接物，就不會像現在這樣被人排擠，也不會感到心痛了不是嗎——

我頭一次有了這種想法。

如今回想起來，我當時應該相當受不了孤獨的折磨吧。

即使如此，想找她說話依然需要不小的勇氣。

「——那、那個……庄司同學！」

幾天後，補習班的課程全部結束，大家都準備離開校舍。

我在這時鼓起勇氣，向難得一個人回家的她搭話。

她平時總會跟一群人一起去逛逛後才回家，要是錯過這次機會，就不曉得下次什麼時候才有機會了。

「……嗯？呃～～不好意思，請問你是哪位啊～～？」

她回過頭來，明顯用心整理過的頭髮輕輕舞動。

像貓一樣的眼睛仔細打量著我。光是這樣就讓我的身體差點僵住。

然而——

「那、那～～個，我是跟妳上同一間補習班的學生，名叫矢野四季……」

——我總算克服恐懼，繼續說下去。

「我是善福寺國中三年級的學生……」

「……啊～～！我好像在三年級的教室看過你。你找我有什麼事嗎～～？」

「那個……我知道說這種話，妳可能會覺得很奇怪，但我還是想請教一下。」

「你想問什麼呢～～？」

「那個……是關於妳的處世之道的問題。」

聽到我這麼說——她的眼睛亮了起來。

彷彿之前的從容都是騙人的，那是能看穿一切的銳利目光——

在受到震懾的同時，我勉強自己開口說話，硬是把事先準備好的話說完。

「……到底該怎麼做才能像妳那樣巧妙地處理好人際的問題，跟身邊的人打好關係……我想知道其中的祕訣。」

——我曾想過她可能會拒絕。

不，我覺得她毫無疑問會拒絕才對。

畢竟庄司同學連上流階級的帥哥都拒絕了，沒理由同情我這個孤獨的三年級學生。

可是，定睛打量過我的臉龐與制服後，她開口了。

「原來如此～你想學會做人處事的技巧對吧～」

「……就是這麼回事。」

「然後，你還想變成更出色的人！變成比現在更堅強的人！想變得更可愛！是不是這樣～？」

「……呃，不，我並不想變可愛……不過，大概就是這個意思。」

「原來如此、原來如此～雖然看起來軟弱，但你很有上進心嘛～還有……」

說完，她猛地壓低聲音。

「——真虧你能看穿我的真面目呢～」

用跟平時完全不同的語氣說出這句話後，她笑了出來。

那表情跟平時的她有很大的落差，讓我嚇了一跳——然後她恢復成原本的語氣，對我露出開朗的笑容。

「——那我們就找個地方談談吧～」

我們來到離補習班有段距離的速食店。我毫無保留地向她坦白自己的心情與處境。

臨陣磨槍的藉口與謊言肯定對她不管用。

好不容易得到與她單獨交談的機會，我只能從實招出一切，把自己難堪的現況也一起說出來——

「——所以，我現在在班上被孤立了。我想要解決這個問題……至少上了高中後不能重蹈覆轍……」

逐漸迎來晚餐時間的店裡頗為擁擠。

其中有看似下班準備回家的女性，也有不少跟我們一樣的國中生，讓我擔心談話的內容會被別人聽見。可是，大家似乎都沒有多餘心力去管別人的閒事。別說是偷聽了，甚至沒人多看我們一眼。

「……所以，我希望能從妳那裡學到一點東西……」

我順利地把話說完了。

「……原來如此，我明白了～～」

庄司同學喝了一口冰紅茶後，定睛看著我。

然後——

「——我答應你。」

「……咦？」

「我會教你的。矢野學長，我會把自己處世之道的祕訣教給你。」
她意外乾脆地答應了我的要求。
那種理所當然的口氣——反倒令我感到困惑。
「……你怎麼愣住了啊？」
「唔、呃……因為我沒想到妳會馬上答應……」
連回話都變得語無倫次。
手裡的吸管包裝紙也逐漸皺成一團。
「妳看起來是個會慎選朋友與距離感的人……我還以為妳應該不會馬上答應。」
「嗯，你說得對。我確實會挑選朋友，而且條件比你注意到的還要嚴格許多。」
「那……妳為什麼要答應我？」
聽到我這麼問——庄司同學總算放鬆了表情。
她嘴角上揚，瞇細眼睛，輕輕吐了口氣。那是我從未見過的稚氣笑容——
我心臟猛然一跳，一句話都說不出來。
「……虧你還能注意到我的演技，這種事情你就看不穿了呢。」
一陣輕笑後，她用吸管喝光杯裡的茶。
然後——

「矢野學長，我很中意你喔。」

——心臟再次猛然一跳。

——中意你。

這是我有生以來頭一次聽到女生對我這麼說。

我知道她沒有那種意思，也並非懷有那種期待。可是，庄司同學的說法還是莫名讓人心癢難耐。

「——我覺得只有可愛的事物才是真正有價值的東西。」

庄司同學繼續對我說下去。

「所以，我想變得更可愛，變成一個更強大的人。而——同樣想變強、想要成長的人，都是我的同伴。」

明確的話語中充滿堅定的意志。

「所以，讓我們一起努力吧。」

說完，庄司同學對動彈不得的我微微一笑。

「為了在高中好好與人相處，為了跟旁人順利打好關係——我們一起精進吧。」

「……唔、嗯。」

這時我總算恢復行動能力，像壞掉的玩具一樣不斷點頭。

「我……我會加油的！絕對不會給妳添麻煩！」

「啊哈哈，你太緊張了啦～你可以再放輕鬆一點～～」

庄司同學發自內心笑了出來。然後，她再次轉頭看向我。

「以後叫我『霧香』就可以了。所以……矢野學長，今後請多指教──」

＊＊＊

「──我知道自己對不起妳……」

地點是御殿山高中的正門前方。

霧香筆直注視著我，秋玻也一臉不安地默默看著我。

懷著毫無感動的心情──我開口說道：

「妳那麼認真地教我才總算把我教會，我卻把那些技巧全部捨棄，還跟妳斷絕聯絡……我真的覺得很對不起妳。」

她的課程確實教得很仔細，而且很認真。

她不惜犧牲休息時間，有時候連假日都用上，才把「圓滑處世的技巧」教給我。除了家人之外，她是第一個對我這麼親切的人。

正因如此，我才粗略學會察言觀色與開玩笑的技巧，在升上高中的時候，成為一個足以跟須藤與修司平起平坐的人。

然後我捨棄了這一切——只因為我的任性。我對此感到非常過意不去。

然而——

「……啊～～我不是想聽你說這種話啦～～」

霧香用令人不寒而慄的輕鬆口氣這麼說，並跳舞般走了過來。

在西沉夕陽的照耀之下，她的頭髮發出淡淡的光芒。

「我想知道的是『原因』。你不是已經實現願望，順利融入人群了嗎～～？在我看來，你的表現也相當不錯喔～～」

霧香走到我面前，在極近的距離探頭看向我的臉。

「可是……你為什麼要捨棄那一切呢～～？」

我無意識地倒退了兩三步。

全身再次冒出冷汗。

可是——我不能逃跑，也不能隨便敷衍她。

「……因為我總覺得那像是在說謊……」

說出這句話後，我發現自己的聲音非常沙啞。

「上了高中後……我試過了。按照妳的教誨，扮演一個開朗的男生，過著活潑外向的每一天……我覺得自己做得不錯。事實上，直到幾個月前，我一直都是那麼做的……可是，我無論如何都無法消除心中的罪惡感……總覺得自己是靠著謊言在討好那些重要的朋友……」

腦海中閃過——那些偽裝自己跟須藤與修司相處的回憶。

每當我強顏歡笑，每當我用霧香傳授的技巧，都會冒出彷彿在欺騙他們的罪惡感。

「所以，我想放棄那種行為。想用真實的自己跟他們相處……抱歉，枉費妳那麼親切地指導我……可是，我就是想這麼做……」

「原來如此、原來如此～～」

霧香幾乎毫無停頓就用輕鬆的語氣繼續說下去。

「也就是說～～你想用真正的自己跟大家相處了對吧？希望大家都能接受沒有演戲的你。」

「……就是這麼回事。」

「這樣啊～～我總算搞懂了～～」

霧香轉身背對我，輕快地往前走了三步左右的距離。

以眩目的夕陽為背景的她讓我自然瞇起了眼睛。

然後霧香轉過身來——憐憫地瞇細眼睛——對我如此說道：

「無聊死了。」

——呼吸停止。

「就是有這種人呢～喜歡把『保持自我』或『真正的我』這些無聊事掛在嘴邊的傢伙。那種只會說些好聽話放任自己，還美化這種行為的可憐蟲。」

當我回過神時，霧香的語氣已經變得跟平時一樣輕鬆。然而，那些話語卻變得相對銳利，不斷刺傷我的心。

然後，她露出殘酷的笑容。

「矢野學長，我實在想不到你是這種人呢～～」

——我還是頭一次見到霧香使用這麼強烈的措辭。

就算遇到糾紛，就算受到不講理的攻擊，她總是以一副事不關己的態度把事情輕輕放下。

可是現在，她對我說出的話語中有著明確的敵意。

所以——我清楚理解了一個事實。

——那就是霧香生氣了。

——她氣瘋了。

就連擅長做表面功夫的她都藏不住這股激烈的情感——

霧香的話還沒說完。

「喂，那結果怎麼樣了？放棄偽裝自己後，你就一帆風順、高枕無憂了嗎～～？」

聽到這個問題，一股寒意讓我腳尖發冷。

「就算沒有那種技巧，我也能完美地得到幸福～～！因為這就是『真正的我』的力量？因為我教給你的東西只是阻礙？」

凌遲般的話語還沒停歇。

然後，她微微歪頭，露出讓不少男生墜入情海的可愛笑容——

「——不是這樣的吧？」

——她很明白地如此問道。

「矢野學長，你是個聰明人～～其實你也該注意到了吧～～？『不想偽裝自己』和

『想保持自我』這種話不過是藉口罷了。那只是軟弱、可恥又自私的選擇。」

說完，她有些悲傷地瞇起眼睛。

「真正的自己，到頭來——是拯救不了任何人的。」

——我心中確實也有這樣的疑惑。

我真的可以不偽裝自己嗎？板著一張臭臉跟別人相處，利用他們的好意，放棄給別人帶來歡笑。

只因為那是真正的我——我就真的可以肯定這樣的自己嗎？

霧香把這樣的疑惑化為銳利幾十幾百倍的語言凶器，回過頭來抵住我的喉嚨。

霧香像在鑑賞繪畫般看著我。

然後——

「……啊哈哈！啊哈哈哈哈哈哈！」

她突然發出跟現場不搭調的開心笑聲。

「……妳、妳笑什麼？」

「呃，因為，啊哈哈哈……矢、矢野學長，你的表情太明顯了啦！」

霧香難受地抱住肚子，身體扭個不停。

「完全被看穿了喔！你其實很苦惱，不認為維持現況是對的吧！啊哈哈哈哈哈！」

我趕緊摸摸自己的臉，卻只能感受到冰冷僵硬的觸感，無從得知自己現在的表情。不過，霧香肯定沒說錯，我現在的表情應該不太好看。

「從決定做自己的那一刻起……你就連表情都不會偽裝了嗎？啊哈哈！枉費我當初教了你那麼多呢。該怎麼在適當的時候擺出適當的表情，你不是練習了那麼久嗎？」

這句話充滿攻擊性，聽起來卻有些愉悅——不過，我還是注意到了。

話語中明顯流露出失望與灰心——

我還想起自己能聽出這些情感都是多虧了霧香教我的技術。

「……唉～～」

也許是笑累了，霧香嘆了口氣垂下肩膀。

「不過，我現在總算搞懂了～～我為什麼會突然聯絡不上你，還有你為何變回剛認識時那種陰沉的性格。」

「……抱歉。」

我反射性地道歉，但霧香搖了搖頭。

「你沒必要說那種話～～」

然後朝向正門邁開腳步。

「因為我——決定了。」

霧香走到正門旁邊，轉頭看了過來。

「我找到今後無論如何都想做的事情了。」

「……妳想做什麼？」

可是，她沒有回答我的問題。

相對地，她露出跟我們剛認識時一模一樣的笑容——對我說：

「矢野學長，在聯合舞台活動結束時，讓我們一起開心地致詞吧～」

＊

「——矢野同學，你不需要放在心上。」

在太陽西沉的住宅區街道上，我們正走向水瀨家。

秋玻——難得生氣了。

「庄司同學好過分……太過分了，居然對你說那種話……根本沒想過你是懷著什麼樣的心情……」

秋玻自言自語般不停碎唸，腳步也比平時還要快。然後——

「我……不是很喜歡那女孩……」

她忍無可忍地說出這句話。

換作是平常的秋玻，絕對不會說出這種話——

「根本沒必要說得那麼難聽吧……感覺就像在嘲笑你至今的苦惱與想法一樣……我跟春珂明明就是被這樣的你拯救了……」

我發自內心感謝她的憤慨。

對心情因為受人指責而搖擺不定的我來說，有個願意站在我這邊的人是我心中的一大支柱。

秋玻率先挺身袒護我，讓一股熱流湧上我心頭。

「——不過……」

就在這時，我總算開口了。

「我覺得……她說得或許也沒錯……」

『——大家眼中的我，也是真正的我。』

我想起須藤說過的話。

『——的確，我自己眼中的我也很重要……』

『可是，我……也喜歡大家眼中的我，以及大家發現到的我。』

『——我想好好珍惜大家眼中的我。』

——透過自己扮演的角色，須藤讓身旁的人得到了幸福。

相較之下——我卻放棄扮演角色，放棄欺騙眾人。罪惡感與自我厭惡的想法都消失了。

然而，我的人際關係……並沒有因為這樣就變得圓融。

舉例來說，我現在正好有個想法。

我希望——讓秋玻笑。

我想要開個玩笑，讓為我生氣的秋玻冷靜下來。

過去的我就辦得到，但現在的我卻辦不到。

正因為我也能隱約感受到其中的價值——才會因為霧香那些話而大受動搖吧。

聽到我這麼說——

「你說的……我也不是沒有頭緒。」

秋玻也稍微壓低語氣，輕輕點了點頭。

「那、那個，我基本上還是支持你的！可是，我有時候會覺得你看起來很痛苦……也覺得你好像太過勉強自己了……所以，雖然有點不甘心，但我覺得你可以重新思考一些問題……」

即使情緒激動卻還能保有冷靜這點，實在很有這女孩的風格。

她一副還想說些什麼的樣子，支吾其詞了一段時間後，輕輕抓住我的制服下襬——

「……不過，不管你最後決定怎麼做，我都會繼續喜歡你的。只要是你選擇的生存之道……我就不會像那女孩一樣否定你。」

「……謝謝妳。」

——我覺得有秋玻真是太好了。

不管我是什麼樣的人，秋玻都願意認同，都願意說她喜歡我。

能夠交到這樣的女友，能夠得到這種女孩的芳心——是現在的我最大的寶物。

這時她突然看向手錶。

「……啊，時間差不多了。」

然後一臉悔恨地如此說道。

「對不起，其實我還想跟你說更多話……還想跟你多在一起……」

「沒關係，這也是沒辦法的事。」

「……謝謝。那就明天見了。幫我向春珂問好。」

秋玻最後給了我一個微笑，轉身背對我。

然後，跟她對調的春珂轉過身來。

「……啊～～！雖然很累，可是很開心呢～～！」

她露出無憂無慮的笑容，發出破壞氣氛的傻笑聲。

「我原本還在擔心對方會是怎樣的人，幸好霧香是個有趣的女生。希望你也可以趁這個機會重新跟她變成好朋友～～」

……對了，春珂沒看到我跟霧香爭論的過程。

她那無憂無慮的表情讓我覺得有些羨慕。

不過，她很快就發現異狀了。

「……呃，怎麼回事！矢野同學，你的臉怎麼了？」

她一臉驚訝地把手放在嘴邊。

「發、發生什麼事了？你的臉色很難看耶！難不成在我沉睡的時候，你身體有不舒服嗎……？」

「……噢，呃，就是……發生了一點事情……」

「一點事情……？」

「……嗯，其實——」

——我簡單地把剛才發生的事告訴春珂。

春珂無憂無慮的表情很快就蒙上一層陰霾。

「這樣啊～～……嗯～～原來發生了那種事情啊……」

她一臉遺憾地低頭看向腳邊。

「那個，抱歉，我不想潑妳冷水的……」

「別這麼說！我沒關係！你不用放在心上。」

春珂使勁搖頭。

雖然她這陣子只表現出死纏爛打的一面，但那種溫柔的個性還是跟以前一樣，讓我暗自鬆了口氣。

「可是，也對……雖然她確實很過分，但我有些理解她的心情……啊！我這麼說不是在責備你喔！」

春珂慌張地對我揮揮手。我點頭表示不在意後，她交叉雙臂擺出陷入沉思的姿勢。

「要是我跟許久不見的重要朋友重逢的時候，發現對方把我教過的事都忘記了……我也會有點難過呢。」

「……嗯，我覺得妳這話很有道理。」

「……只是，我還是……」

說完——春珂突然整個人靠向身旁的我。

距離近得幾乎要碰到彼此的肩膀，讓我有一瞬間緊張了一下。

「我還是……希望你能維持現在這樣……」

她茫然地望著天空，小聲說出自己的願望。

「因為我非常喜歡現在的你……希望你能永遠保持這樣……」

——春珂的反應跟秋玻完全相反。

秋玻對霧香感到憤怒，但還是部分贊同她的想法——

而春珂則是能體會霧香的心情，卻希望我能維持現在這樣——

雖說她們的性格原本就天差地遠，雖說春珂沒有親臨現場，但她們的看法差距如此巨大，還是讓我有些驚訝……不可思議的是，她們兩人的看法與心情——都讓我非常感激。

——就在這時……

「……嗯？」

我口袋裡的智慧型手機震動了。

從震動的頻率看來，應該是Line收到新訊息了。我跟春珂說了聲「抱歉」後，拿出智慧型手機確認了一下螢幕。

——上面是霧香傳過來的宣言。

——也就是她的決心。

kirika：『我決定了！』

kirika：『我要讓你變回以前的矢野學長♥』

kirika：『在文化祭結束前的這一個月內，我會把你變回前年那個還在扮演角色，跟我一起奮鬥的矢野學長。』

kirika：『敬請期待☆』

kirika：『（人物拋出飛吻的貼圖）』

＊＊＊

8月16日（二）

．把握對話裡的情緒。

．明白自己需要的定位。

．以自己的立場為前提選擇話語。

在霧香傳授的技巧中，我覺得自己已經能相當自然地做好這些事情了。嘗試在補習班扮演一個開朗型同學後，我很快就給人不錯的印象，得到「你這個人意外地有趣耶」和「下次要不要一起出去玩？」之類的迴響。沒想到大家的反應會改變這麼多，老實說，我嚇到了。

霧香真是很厲害。

沒想到會有人把偽裝自己與做人處事的技巧研究得如此透徹，並且加以實踐。在談論各種事情的過程中，我還得知她想成為一位設計師以及希望考上御殿山高中。我相信嚴以律己的霧香肯定能實現所有願望。

我還想從她身上學到更多事情。

與她見面這件事也讓我期待得不得了。

甚至連補習班的暑假都讓我覺得無聊到不行。

Bizarre Love Triangle

第十四章
Chapter.14

Follow Me!!

三角的距離無限趨近零

「——我不是說過了嗎！重點是節奏～～！」

同樣的話說了好幾遍後，庄司同學……霧香不禁抱頭苦惱。

「話說得巧妙也很重要，而且越有趣越好！可是，要是節奏沒有拿捏好，就一點意義都沒有了啦～～！」

「……喂，妳、妳太大聲了啦！」

那音量讓我忍不住出聲制止。

「要是太大聲會引人矚目吧！請、請妳不要那麼激動……」

太陽即將西沉。除了我們之外，在車站附近的公園裡還有幾組國中生團體。

只不過，不知道是因為霧香是美女還是「御殿山國中」與「善福寺國中」的制服很少湊在一起，我們兩人在公園裡似乎頗為顯眼，不時會感受到旁人的視線。

雖說這裡沒人認識我們，但要是被人發現我在學習扮演開朗角色的方法，還是會讓人覺得難為情……

然而——

「這種反應也完全不對！」

霧香保持同樣的音量繼續對我進行斯巴達式教育。

「我是故意加大音量的，你剛才應該要吐槽才對～～！」

「……咦！是這樣嗎！原來妳剛才那些話是在考驗我嗎……？」

我還以為她只是傻眼生氣了……

「不，我是真的生氣了喔！可是，不能直接表現出心中的怒火～～！這種時候就要一邊裝傻一邊指責對方，把問題當玩笑輕輕帶過，同時讓對方知道自己的感受吧！」

「這……這樣啊……」

我完全沒發現。沒想到在那種不經意的對話中居然暗藏了那麼多情報……

而我這種想法似乎也被霧香看穿了。

「……這種人還不少喔～～很多人都會在對話時裝傻，等別人來吐槽！」

她苦笑著繼續說：

「這樣就能讓平凡的對話變有趣，也能輕易說出難以啟齒的事情～～」

「是、是這樣嗎……？可是，我身邊完全沒有那種人……」

「只是你沒發現而已啦！對那種人來說尤其如此，但就算對方不是那種人，『節奏』還是很重要！簡單來說，所謂的溝通，反應速度很重要～～——」

＊＊＊

——我想起兩年前的那段對話。

「……事情就是這樣，請『Phasers』的各位務必在聯合舞台出場表演。」

地點是御殿山高中的輕音樂社社辦。

我當面向搖滾樂團「Phasers」的團員們提出邀請後，他們分別發出「是喔～～」或「文化祭啊～～」之類的感嘆。

他們的制服穿法都很有個性……用放鬆過頭的姿勢坐在椅子上。

這四名三年級學生分別擔任主唱、吉他手、貝斯手和鼓手。

因為他們受到國外的搖滾樂團影響，樂曲風格偏向重金屬樂，這種稍微貼近不良少年的感覺應該也算是他們的魅力之一。話雖如此，因為比起可怕，他們更給人一種玩世不恭的感覺，就算手上沒有樂器，在班上應該也很受歡迎才對。

……說得明白點，他們是我不太擅長應付的那種人。

當然，我並沒有表現出來。

「順便問一下，那場活動大概會有幾組表演者出場啊？」

疑似負責對外交涉工作的三年級貝斯手學長語氣親密地問道。

「是不是跟夏季音樂節一樣，有將近一百組？」

「……啊，不，包含中場時間在內，實際表演時間只有三小時，所以預計只有四組表演者。」

我一邊翻閱資料一邊如此回答。

「……啊，噢……是這樣啊。」

貝斯手學長露出期待落空的尷尬表情。

「啊啊……」這時我總算……發現了。

原來如此，他剛才那句話……就是故意要讓我吐槽的吧……

我提心吊膽地看了身後的霧香一眼——她就跟平常一樣，臉上掛著介於微笑與面無表情之間的愉快表情。這不知為何反倒讓我覺得莫名可怕。

＊

「——那……各位意下如何呢？」

為了逃離快要說不下去的對話——我向舞團「ａｌａｌａ」的成員們如此問道。

「我無論如何都希望各位能上場表演舞蹈！不知道各位願不願意出場……？」

聽到我這麼問——現場籠罩著尷尬的沉默。

alala的團員是一群看起來比Phasers那夥人認真克己一些的女生，跟我們一樣都是二年級。在來到這裡以前，我本來以為事情能夠談得更順利一點……

「……不好意思。」

看似團長的女生一臉嚴肅地這麼說。

「我們已經不打算參加這類活動了。」

「咦，不會吧……！」

一道冷汗從背後滑過。

為了確保高品質的舞台表演，我們本來就已經把候補表演者壓到最少了。要是在時候被她拒絕，老實說還挺令人頭痛的……

「這、這又是……為什麼呢？我覺得應該會有不少人來看表演……」

「嗯～～……我們是認真以成為職業舞者為目標，已經在好幾個大賽得獎了，甚至還有已經主流出道的音樂家邀請我們演出PV。」

「原來如此……」

「所以，我們非常不希望躲在舒適圈，想盡量避免參加這種都是自己人的舞台。」

＊

「——可、可以請各位賞光嗎？」

我懷著想抓住一絲希望的心情，向Phasers的團員們如此問道。

「這是個頗具傳統意義的舞台活動！上台表演過的學生當中，也有人留下主流出道的實績……！所以，能不能……請各位上台表演呢？」

「嗯～～我是很感激你的賞識啦……」

「可是，我們這種人參加那種傳統活動……好像有點怪吧？」

「有道理～～……」

……糟了。

情況不太妙。

再這樣下去，對方真的會拒絕我們。

事情已經完全朝向那方面發展了……

如果要在文化祭舉辦舞台活動，樂團演奏就是不可少的項目。前來觀看的學生們肯定也在期待這種表演，我覺得一定可以炒熱氣氛。

可是，不管是御殿山高中還是宮前高中，都沒有其他認真活動的樂團。要是在這裡被Phasers拒絕，就會變成一場沒有樂團演奏的舞台活動。

我無論如何都想避免這種事情發生——

然而——

「……那個，呃……！」

——因為太過焦急，讓我失去思考能力，完全想不到能說服他們的話。

這樣的話——正當我打算低頭拜託對方時——

＊

「——咦～～！能不能拜託各位通融一下～～？」

開口的是——霧香。

「自從當選文化祭執行委員的那一刻起，我就決定無論如何都要請到alala了耶～～」

她稍微嘟著嘴，用感到遺憾——卻不會讓人覺得有壓力的語氣說道。

因為一直不說話的她終於開口，結果似乎引起了團員們的興趣。

「……是喔，妳為什麼那麼希望我們出場啊？」

其中一名團員如此問道。

「去年春天，還是國三生的我曾經來到御殿山高中參觀學校～～」

霧香用莫名開心的語氣連珠炮似的說下去。

「當時～～各位就在這間舊體育館跳舞對吧～～？妳們那時候好像還只是剛成立的舞蹈社……」

「咦？真的假的！妳看過我們當時的舞蹈嗎？」

「那不就是我們第一次當眾表演時的事情嗎！」

「那時候連ａｌａｌａ這個團名都還沒有呢……」

「當時的舞蹈非常帥氣，讓我留下很深的印象～～半年後，當我去看文化祭表演時，妳們就已經變成ａｌａｌａ了。當時的表演也超級棒，跟我第一次看到的表演相比進步好多！」

「嗚哇～～！不會吧～～！」

聽到霧香的這些話——所有團員的表情都亮了起來。

比起跟我說話的時候，就連語調都高了許多，我能清楚感覺到現場氣氛變得完全不一樣了。

「……也就是說，這孩子不就是我們的頭號粉絲嗎……？」
「是吧～～好像真的是這樣耶～～！」
然後，團員們全都露出沉思的表情。
「那……拒絕這女孩的要求好像有點說不過去吧……」

＊

「——順便問一下，你們還找了什麼樣的人？」
對方似乎開始有點興趣了，原本一直沒說話的鼓手學長探身詢問。
「就算你們真的很欣賞我們，如果其他人的水準太差，也會讓我們有些為難～～」
「就是說啊～～！」
這個問題似乎也在預料之中。
霧香幾乎是想也不想就笑著回答：
「不過請放心！我找的都是能自信推薦的表演者！」
「哦～～妳找了哪些人？」
「首先是我們高中的舞團ａｌａｌａ！」

「喔，真的假的！」

「那些傢伙啊～～我可以理解～～！」

「alala最近很厲害啊。」

「我還從宮前高中那邊找了身為背景音樂製作人兼歌手的Omochi老師！」

「……咦？Omochi？是那個Omochi嗎？」

「……就是在網路上很有名的那傢伙嗎？」

「那傢伙是高中生？而且還是宮前高中的學生嗎……！」

「嗯，就是那個人～～！」

霧香開心地點了點頭。

「我無論如何都想請到對方，因為Omochi老師的曲子真的很帥氣呢～～！」

「真的假的……！這個陣容未免太豪華了吧！」

貝斯手的情緒變得十分高昂，彷彿跟我說話時的低氣壓都是騙人的。而且其他成員似乎也一樣。

「既然是這些成員，那大家一起表演應該沒問題吧！」

「這樣應該會在地方上造成不小的話題吧？」

他們的臉都因為期待與激動而開始發紅。

可是，就在這時候——

「啊～～還有一件事……」

霧香回過頭，伸手指向一直默默旁觀事情發展的春珂。

「那邊那位水瀨春珂學姊也要上台做某項表演喔～～」

……對了，我們還得說明這件事才行。

我們明明是以高水準的舞台表演為目標，霧香卻把其中一個表演者名額交給春珂。

想要向那些認真表演的表演者說明這件事，應該有些難度……

「咦？某項表演……那女孩還沒決定要表演什麼嗎？」

「她不是要表演某種很厲害的專長嗎？」

「不是喔～～老實說，表演項目不但還沒決定，她也沒有什麼專長～～」

霧香非常誠實地用一派輕鬆的語氣這麼說。

剛才那種積極正面的氣氛很明顯地瞬間反轉了。

這也理所當然。因為一個超級外行人就要跟他們站在同一個舞台上了——

——然而……

＊

「——正好相反喔～～」

霧香不為所動，斬釘截鐵地如此斷言。

「我就直說了。一直讓觀眾欣賞高水準的表演，他們也是會累的～～！」

「是……這樣嗎？」

ａｌａ的團長一臉狐疑。

就連身為同伴的我聽到這些話也是半信半疑。

可是，霧香的表情與口氣絲毫沒有動搖。

「舉例來說，舞蹈比賽也一樣，看到後半段都會覺得累吧～～？要是一直觀賞高鬥志與高技術的表演，就無法避免這種結果！那會讓人失去辨別好壞的能力～～！如果在這種時候，讓一個充滿趣味性的團體出場，反倒能讓人鬆口氣不是嗎～～？妳沒有這種經驗嗎？」

「……啊～～好像有耶！」

「那樣反倒會給人留下深刻印象，也能突顯認真表演的團體～～」

「當然，這位春珂學姊也不會敷衍了事。既然要上台表演，就要認真做到最好。因為如果不這麼做，就對其他表演者太失禮了。」

就只有這件事，霧香用非常誠懇的口氣如此斷言。

不過，她的表情跟語氣很快就緩和下來。

「可是，從今天開始只有一個月的時間，她無法追上大家的水平～～所以，她那種生澀的表演肯定能取悅觀眾，讓前來觀賞的觀眾為她加油。」

「……原來如此。」

仔細一看──女團長正交叉雙臂不斷點頭。

「妳的意思是──把生澀的表演者安插到節目之中，就能突顯我們的高水準表演，是嗎？」

「就是這麼回事！」

霧香用至今最大的音量肯定團長的推測。

「我這次找人的時候，連整體的平衡與相乘效果都考慮進去了～～既然要邀請對方，我希望受邀者們也能得到正面影響～～所以，我沒有從一開始就設定許多候選，就只有四組人馬！我想先跟這四組人馬好好談過，說出自己的想法──」

＊

「——所以……」

說完——霧香往後退了幾步。

她與Phasers的成員們之間的距離在不知不覺中拉近，卻又重新被拉開了。

稍微清了清喉嚨後，她收起原本的輕浮表情，換上嚴肅誠懇的臉。

然後——

「我再問一次。」

用清晰的聲音——詢問他們。

「Phasers的各位，你們願意在下個月，也就是十月五日星期五的文化祭——

在我們舉辦的聯合舞台活動上表演嗎？」

＊

「——我明白了。請務必讓我們參加！」

「——好啊！我們非常樂意！」

＊

＊

「——唉～我沒想到會慘成這樣呢～～」

與ａｌａｌａ交涉完畢後，我們成功取得她們的承諾。

在前往特別教室的路上，霧香瞇細眼睛看過來。

「我還以為你的溝通能力會更好一些～就算不使用我教過的技巧，至少也應該有辦法見人說人話。」

現在是下午四點過後。棒球社與足球社都開始在操場上練習，校舍裡也開始傳出吹奏樂社的長調聲。

雖然我聽說御殿山高中的社團活動並不興盛，但這段時間的學校似乎還是很有活力，說不定文化系社團也開始為文化祭做準備了。

在這種活潑熱鬧的氣氛之中——

「抱、抱歉……」

因為感到非常過意不去，我只能用沙啞的嗓音如此回答。

「我確實完全幫不上忙，甚至可說是在扯妳後腿……」

我依然發自內心不想說謊，也不想扮演角色。

我不打算欺騙自己，也無意退讓。

不過……我造成霧香的困擾，還差點讓聯合舞台活動的品質大幅下降也是事實，對此我真心感到過意不去。

「不，我想說的是，你的溝通技巧已經差到跟想不想扮演角色無關了吧？」

可是，霧香更進一步的話語攻勢讓我心頭一凜。

「就一個正常的交涉者來說，你那種態度也是不行的吧？不管你個人有什麼樣的主張，那種工作內容都是不行的，這點請你務必改進。」

「……抱歉。」

我覺得她說得可能沒錯。

也覺得自己可能太過意氣用事了。

因為霧香說要「讓我變回以前的矢野學長」，而且又是在她面前跟別人說話，讓我無論如何都不想展現出以前學到那些技巧的影響——脾氣耍過頭了。

「那、那個……請不要這樣責備他……」

跟在我們後面的春珂一副比任何人都還要驚慌的樣子，對霧香這麼說道。

「霧香同學，今天的妳真的很帥氣……光靠一張嘴，就讓無意參加的大家都改變了心意……妳居然能做到這種事，我是真的嚇到了……」

她肯定很害怕跟霧香這種「個性強勢的人」說話吧。

春珂露出有些怯懦的表情，但還是鼓起勇氣繼續說下去。

「不過，每個人都有擅長跟不擅長的事情……我肯定也沒辦法做到同樣的事情……所以希望妳不要太責備矢野同學……」

「……嗯～～」

這些話讓霧香稍微想了一下。

霧香嘟起嘴，默默盯著春珂。

然後——

「……對不起，因為春珂學姊很可愛，我本來想聽妳的，但果然還是不行～～」

「為、為什麼……」

「因為～～我今天所做的事情，矢野學長也辦得到～～」

聽到這句話——春珂一臉意外地噤聲了。

「事實上，他以前就做過這種事。不管是跟我在一起的時候，還是升上高中，不再跟我聯絡，直到放棄偽裝自己之前，他都有那種能力。就算是現在，他其實也能做得更好——卻沒有那麼做。所以……」

一頭秀髮隨風飛舞的霧香邊說邊看向我。

「明明能做好該做的工作卻不去做。這種事實在無法原諒不是嗎？」

春珂似乎還想說些什麼，緊緊閉著嘴唇。

可是，也許是無法順利找到辯駁的話語，讓她只能懊悔地盯著霧香。

「矢野學長今後還會遇到好幾次這種場面。每當遇到只要扮演角色就能順利解決問題的情況時，他就會被迫做選擇。到時候——」

霧香微微歪頭——露出可以放上雜誌封面的笑容。

「——他又能逞強到什麼地步呢〜？」

我和春珂都無法反駁——這些話。

——霧香說得沒錯。

如果請別人來評理，大家肯定都會說她是對的。

所以，我們無法生氣，也無法反駁。

話雖如此，我們也無法接受她的想法——

只能默默地跟在霧香身後。

「——好啦～～我們還想邀請的對象，就只剩下擔任背景音樂製作人的『Ｏｍｏｃｈｉ』老師了～～」

彷彿剛才的氣氛都是騙人的，霧香把話題轉回聯合舞台上。

「雖然我已經用郵件跟她聯絡了，但她這人還挺不好說話的。該說她是個很有個性的人嗎～～」

「……是嗎？」

一直掛念著剛才的事情也不是辦法。我也一邊切換思考，一邊努力做出反應。

既然連霧香都這麼說了，那對方應該相當有個性吧。

如果是這樣，就算我們跟先前一樣趁勢去拜託人家，說不定也無法解決問題。

「所以，我們先暫時把心力擺在其他問題上吧～～等到條件全部備齊，有個眉目之後，我們再去拜託Ｏｍｏｃｈｉ老師吧～～」

「這樣啊，好，我知道了。這麼一來……」

說完，我和霧香同時轉過頭——

「明天～～我們就來討論春珂學姊的表演項目吧～～」

「也是……」

看向表情依然難以釋懷的春珂——

*

——霧香的話語在放空的腦袋裡不斷迴盪。

回到宮前高中後，我們收拾好東西，踏上回家的路。

夕陽即將完全西沉，只要抬頭一看，就能意外地在東方天空找到許多散落的星星。

我自覺——受到了打擊。

霧香的話語在腦海中揮之不去，就連春珂就在身旁，我也不太放在心上。

因為她的主張是對的，讓我完全無法反駁。

——只不過……

那種打擊不是化為痛苦，而是一種難以言喻的熱度，侵蝕著我的腦袋。不明所以的煩躁感，以及缺乏現實感的輕飄飄感覺，讓我對一切事物都心不在焉。

所以——

「嗚……嗚嗚……」

直到聽見這聲音為止——我都沒注意到「那件事」。

「呼……嗚嗚……嗚……」

我轉頭看向身旁的春珂。

默默走在我旁邊的春珂——哭了。

她流下斗大的淚珠，一邊趕緊用手擦掉眼淚，一邊緊咬下唇壓抑啜泣聲——

「……咦？春珂！發、發生什麼事了……！」

這個令人意想不到的發展，讓我發出可笑的驚呼聲。

「妳、妳怎麼哭了……咦、咦咦……？」

難不成……我做錯了什麼嗎？

還是我在發呆的期間，對她說了什麼過分的話嗎……？

「抱、抱歉……妳還好吧？喂、喂，春珂……！」

我完全搞不懂狀況，總覺得自己好像做錯了什麼。

然而春珂——

「嗚、嗚嗚嗚嗚嗚嗚嗚！」

終於大聲哭了起來。

「嗚、嗚哇啊啊啊啊啊啊啊啊啊啊……！」

那種孩子般的哭聲，讓周圍經過的學生、家庭主婦和幼稚園孩童都一臉擔心地看了過來。

我完全慌了。

「春、春珂，真的很抱歉……！好、好了，拜託妳別哭了！」

我讓她暫時在路邊停下腳步，從口袋裡拿出手帕替她擦淚。

「妳、妳怎麼突然哭了……要是我做錯了什麼，我願意道歉……」

「不……不是這樣的……」

春珂夾雜著啜泣聲，用顫抖的聲音如此說道。

「我、我只是不甘心……」

「……不甘心？為、為了什麼……？」

被我這麼一問，依然流著淚的春珂看了過來——

「——因為我幫不了你。」

聽到這句話——我那還沒清醒的心臟輕輕跳了一下。

那個平時總是受人幫助，有些脫線卻又個性溫和的春珂——居然說想幫助我。

「我……好想多幫你說幾句話……你被霧香同學說成那樣……讓我非常不滿……所以……我也想要，多反駁她幾句話……」

「原、原來……是這樣啊……」

老實說——我沒想到她會這麼說。

我完全沒想到春珂居然對我抱有這種心情……為我著想到會哭出來的地步。

「可、可是……我覺得那傢伙說的話也有道理。所以，我才會完全無法反駁……」

「……那、那個，其實……我也是……那麼想的。」

邊哭邊說似乎有點難度，讓春珂說得斷斷續續。

「不過……不過就是因為這樣……」

然後，她握緊我的制服下襬——

筆直注視著我，一邊喘息一邊說：

「就是因為這樣，我才會——想用同樣有道理的話肯定你……我想告訴霧香同學，你的選擇是對的……」

——就在這時，我總算注意到某個事實。

眼前的春珂哭個不停——

自從那次告白以後——我對她的看法好像太過偏頗了。

這女孩明明是對我懷有「好感」，我面對她的態度卻很奇怪——

要不要接受她的心意是另一回事。

但這女孩對我懷有的感情——就是這樣的感情。
她把我看成重要的人，希望我得到幸福，甚至為此流下眼淚。
我直到現在——才明白這件事。
「……謝謝妳。」
我吞吞吐吐地對春珂這麼說。
「光是妳能這麼替我著想，就讓我心情好多了。謝謝妳……」
「……不客氣。」
春珂擦去眼淚後，搖了搖頭。
「我只是想那麼做罷了……這只是我個人的任性……」
「可是……不，就是因為這樣，我才感到高興。」
就在這時，她的視線有一瞬間游移不定。
「……那麼，可以的話……」
然後，她搖搖晃晃地走過來——把臉靠在我的肩膀上。
「希望你允許我這麼做……」
我能感覺到眼淚逐漸滲進襯衫。
還能隔著薄布感受到她溫熱的吐息。

——胸口傳來一陣微弱的悸動。

直接感受到的體溫，以及她那微微顫抖的身體——讓我的體溫逐漸上升。

令人難受的罪惡感反射性地湧上心頭——

……我到底在想什麼啊？

不是這樣的。這絕對不是我對春珂懷有的情感。

我的女友是與她共用一具身軀的秋玻。我只是因為隔著春珂感受到她的存在，才會稍微陷入混亂。這絕對不是我對春珂懷有的情感——

「……呼～～」

當我想著這些事情時，春珂發出這種聲音，抬起頭。

「謝謝你，我稍微冷靜下來了……真是太好了。要是被你拒絕，我說不定會哭得更慘呢……」

「……哎，這種程度是無所謂啦。畢竟妳是為我哭泣……」

「既、既然這樣！」

說完，春珂再次抓住我的制服袖子，筆直注視著我——

「那你就順勢跟我交往……」

「……這、這個有點困難。」

我不知道該用什麼態度回應，不由得板起臉如此回答。

「……我想也是。」

不過，春珂露出意外開心的表情，一如往常輕快地邁出腳步。

太好了。雖然事出突然讓我亂了手腳，但她本人似乎也不是非常認真……

「單相思還真是痛苦～～……不過沒關係！因為我還沒放棄！」

春珂還是維持著輕鬆的口氣。

就在這時，她露出猛然驚覺的表情——

「——啊～～好像快要人格對調了……」

然後她轉過頭來，一臉捨不得地這麼說。

「我今天只能陪你到這裡了。矢野同學，辛苦你了。謝謝你幫我那麼多。」

「不客氣……我才要謝謝妳呢。」

「還有～～我覺得秋玻八成會發現我哭過……麻煩你幫我向她說明。」

「……嗯，我明白了。交給我吧——」

「——是嗎？原來發生了那種事啊……」

秋玻果然發現自己的臉頰被淚水沾濕。當我向她解釋過原因後，我們也正好走到水瀨家門口。

在路燈照耀下，秋玻跟春珂一樣懊悔地緊咬下脣。

「不過，嗯……我的心情已經大致平復下來了，妳不用擔心。讓我們明天繼續努力籌備聯合舞台活動吧。」

「……你說得對。雖然我還是不喜歡庄司同學……不過工作就是工作，要做就要做到最好。」

說完，秋玻看向我，露出發現異狀的表情。

「……矢野同學，你的肩膀濕了……」

——我反射性地心頭一凜。

就只有這件事——就只有把肩膀借給春珂這件事，我沒有告訴秋玻。

我無意隱瞞，只是不想讓她操不必要的心。

然而，她似乎也感受到我心中的動搖。

「……那是春珂的眼淚嗎？」

……事情到了這個地步，看來只能坦白一切了吧。

畢竟要繼續隱瞞有難度，而且我也不想說謊。

「……沒錯。抱歉，我實在沒辦法拒絕……」

「……是嗎？」

秋玻簡短地這麼說——表情看起來像在努力壓抑內心的不安。

在昏暗的路燈底下，我一如往常看不出她的真正想法。但是……她會不會其實內心已經動搖了？她是不是起疑了呢——

「那、那個！妳擔心的事情沒有發生！」

說出這句話後，我發現音量意外地大，連自己都嚇到了。

等到殘響消失在昏暗的住宅區後，我壓低音量說：

「只是事情自然而然就演變成那樣……我並沒有變心。所以，我希望妳放心……」

「……呵呵。」

也許是覺得我的說法很有趣，秋玻伸手掩嘴。

然後，她瞇起細長的眼睛——輕聲細語地說：

「嗯——我當然相信你。」

＊

——距離文化祭當天只剩下不到三個星期。

我們二年四班也一點一點地做準備。

「喔～大家還真是認真……」

在放學後的教室裡，我看著許多自願幫忙的同學留下來工作的光景，一邊用事不關己的口氣發出感嘆。

「沒想到大家願意幫這麼多……」

「對吧！」

當上班展負責人的須藤在我身旁拿著進度表挺起胸膛。

「準備工作也正順利進行！不管是主題、菜單還是店面設計，都決定好了。雖然我有些擔心之後的事情，但多虧古暮同學，我們的進度遠遠超出預期～」

「……喔喔！那傢伙還真是厲害！」

當我們交談的時候，其他人也正以古暮同學為中心，在教室的角落開會，討論準備器材的事宜。雖然古暮同學給人機靈聰明、個性剛強的印象，但她似乎也是能在這種時候展現領導能力的人。

「——我想桌椅的數量應該是夠的。有人可以幫忙準備用來搬運的小貨車嗎？」

「啊，只要出動我父母，應該就能搞定這個問題！我去問看看他們吧～」

「那制服呢？可以向古暮同學家借嗎？」

「我家的店沒有制服……只能去其他地方借，或是自己動手做了——」

——我們的班展內容是「老牌咖啡廳」。

不是文化祭常見的那種通俗的咖啡廳，而是散落在西荻這個城鎮中，由個人經營的老牌咖啡廳。

因為肩負執行委員的工作，我跟這件事沒太大關係，但我依然覺得這是個好點子。

雖然器材與裝潢問題看似不好解決，但班上的裝潢負責人——古暮同學立了大功。因為她家就是「西荻的老牌咖啡廳」，也會把需要的物品借給我們使用。

「能不能請服裝社或手藝社的人幫忙做制服？只要我去拜託認識的店家，應該就能借到差不多的制服作為樣品。我們可以先用樣品做出紙樣——」

在我旁邊一起看著她的春珂瞇細眼睛。

「太好了。古暮同學振作起來了呢……」

「嗯，我也這麼覺得……」

——暑假前夕，因為被修司甩了，古暮同學心情跌到谷底，但她最近好像振作許多了。看到她迅速下達指示指揮眾人的模樣，連我都有種鬆了口氣的感覺。

只不過——我們接下來也有工作。

須藤回去開會了。正當我跟春珂併桌，拿出筆記本與文具準備開會時——

「——大家好～～！」

從教室入口傳來清亮的聲音。

那道陌生的聲音吸引了眾人的目光。

然而，聲音的主人對此毫無畏懼，就這樣踏進教室——

「我是御殿山高中的文化祭執行委員，名叫庄司霧香～～！請問矢野學長跟水瀨學姊在嗎～～？」

她端正的臉龐上掛著燦爛的笑容，轉頭環視周圍。

她有一雙充滿好奇心的大眼睛，還有小巧高挺的鼻梁，帶著笑意的嘴巴畫出漂亮的弧線——

教室裡的喧囂聲變大了。主要來自男生的好奇目光集中在她身上。

這種超出預期的誇張登場方式，讓我慌張地舉起手。

「啊，呃……霧香，我們在這裡。」

「啊～～學長好～～！辛苦您了～～！」

她以參加女生聚會遲到般的輕鬆態度，坐在我準備好的隔壁座位上。

「旁邊借我坐一下喔～～！」

……我還以為她進來的時候會更低調一點。

這裡可是其他學校，而且還是高年級生的教室。難道她進來的時候都不會緊張畏縮嗎……就是因為自己沒這種膽量，我才會無可避免地羨慕她吧。

「哎呀～～大家都開始準備了呢～～我們也要加油才行！」

「……可是，在這裡討論真的好嗎？」

我一邊注意周圍的竊竊私語聲，一邊詢問拿出文具的霧香。

「我們可以去專為文化祭執行委員準備的房間，也有其他能用來開會的地方。就算妳要改去那些地方討論，我們也無所謂……」

「噢，不用了，我覺得這裡比較好～～！所以，我們快點開始討論吧！好嗎？春珂學姊！」

「……嗯，好。」

突然被別人對著笑，讓春珂怯生生地點了點頭。她的表情充滿戒心，肯定是還無法忘懷昨天那件事吧。

不過，今天開會的主題——就是春珂的表演項目。

「那答案呢？妳想到要表演什麼了嗎～～？」

「這個嘛……我完全想不到。」

春珂一副無計可施的樣子，嘟起嘴巴。

「其他三組人馬都是音樂系表演者不是嗎？跟他們一起上台，就算我突然練了某種樂器上去表演，應該也不太合適……所以我想表演其他東西，像是魔術、戲劇、默劇或相聲之類，可是……我就是無法決定要表演什麼……」

「啊～這些表演確實跟其他表演者有段落差呢～」

霧香整個人癱在桌上。

「不過，我好想看秋玻學姊跟春珂學姊說相聲啊～～！」

「……那妳得等上四十分鐘才能看我們對話一次喔。」

春珂邊說邊笑。

雖然這種想法確實有些失禮，但我也想看看那種相聲。雙重人格的女生自己裝傻、自己吐槽的相聲表演……應該會是由少根筋的春珂負責裝傻，個性冷靜的秋玻負責吐槽吧。

不過……霧香只用了剛才那句話就舒緩了現場的緊張氣氛。

她這種交際手腕還是一樣出色，就算沒有說出來，我還是深感佩服。

我們之後又討論了一下，但還是想不到好主意，提出想法的頻率也逐漸降低。

看來……這個任務還是很困難。

我們是不是應該趕快開始物色其他人選呢……

正當我開始思考這件事時——

「……那、那個，大家好。」

一道細微的聲音從旁邊傳過來。

我抬頭一看。

「方便打擾一下嗎……？」

對方留著偏短的頭髮，還有一張小巧端正的日系臉龐。

這位跟霧香正好相反，給人溫和印象的女學生——柊時子，就站在春珂身旁。

「……啊，時子！」

春珂抬起頭，露出燦爛的笑容。

「嗯，沒問題喔！反正我們也討論不出個結果……有什麼事情嗎～～？」

——柊同學是跟我、秋玻與春珂讀不同班的同齡朋友。

我們是在第一學期結束時變成朋友。她跟春珂的感情特別好，偶而還會像這樣在放學後跑去找對方聊天。

「其實是我想把上次聊到的那本書借給妳……」

柊同學邊說邊把手伸進書包，拿出了一本書。

「哇～～謝謝妳專程拿來借我！我很想看這本書，但在書店完全找不到～～……」

「書我已經看完了，妳可以慢慢看沒關係。這本書很有趣喔……」

「……嗯嗯～～」

一直看著她們交談的霧香突然出聲了。

然後用她圓滾滾的大眼睛看向柊同學。

「妳好，幸會～～我是御殿山高中文化祭執行委員，名叫庄司霧香～～」

「啊，妳、妳好，幸會……我叫柊時子……」

突然接到話題，讓柊同學嚇得握緊書包提手。

「柊學姊，妳跟春珂學姊感情真好呢～～」

「是……是啊。我跟秋玻也是很好的朋友……」

「這樣啊～～順便問一下，妳喜歡書嗎？妳是那種常看書的人嗎～～？」

「嗯，對……我覺得自己應該算是常看書的人……」

「果然是這樣～～我總覺得妳給人一種『文學少女』的感覺呢……」

這段對話不知為何讓我提心吊膽。

霧香突然向柊同學搭話，到底打算做什麼……

當然，我相信霧香應該不會亂說話害柊同學傷心或生氣。自從我們認識以來，我從未見過這女孩「說錯話」。就算這樣，我也完全看不出她的目的，而這點就是讓我感到不安。

然後，霧香連同整張椅子一起轉向柊同學——

「那麼，柊學姊——妳自己寫過小說嗎？」

「咦……？」

「既然妳這麼喜歡看書，自己應該也寫過小說吧～～？」

聽到這個問題——柊同學整個人僵住了。

白皙的臉頰逐漸染上一層粉紅。

然後，她的額頭冒出冷汗，不知為何說話吞吞吐吐——

「……那、那只是寫好玩的……」

她用幾乎聽不見的音量小聲說。

「……不算是完全沒寫過啦……」

「咦～～！那不是很棒嗎～～！」

霧香站起來，探出身子發問。

「順便問一下，妳都寫什麼樣的故事啊～～？」

「呃、呃，就是些奇幻類的故事……」

「奇幻故事！太完美了！」

然後——霧香重新轉頭看向我們——說出這樣的宣言。

「我們來演戲吧——就用柊學姊的劇本！」

「咦，妳說什麼！」

柊學姊發出我從未聽過的驚呼聲。

「演、演戲？劇本？這……這是怎麼回事……？」

「就是～我們要把柊學姊寫的故事變成戲劇～！就在文化祭的聯合舞台上！」

「咦，咦咦咦……這、這樣太突然了……我還不曾好好寫完一個故事耶……」

「沒問題啦～！妳那種天真無邪的性格，肯定能跟春珂學姊的魅力完美契合！」

「咦，天、天真無邪……？」

「沒錯沒錯。換句話說，就是柊學姊很可愛，所以不會有問題～！」

「咦，咦咦……」

柊同學看上去有些困擾。她眉頭深鎖，眼神游移不定，看起來相當不安。

可是，這也是理所當然的事。突然被一個陌生人叫去寫劇本，沒有人不會困惑。因為這件事完全是霧香一時興起，這種邀請方式應該很難成功……

不過，當我一邊想著這種事一邊看向柊同學時……我又注意到了。

我發現柊同學的臉上藏有一絲想要挑戰的神色。

還發現她已經開始被霧香牽著鼻子走……

此外──

「……那、那個，不好意思打擾妳們說話……」

看似乖巧的兩位女生走到春珂面前。

「春珂，抱歉……其實班上已經決定，要請我們這些手藝社社員幫忙製作店裡的制服……可是我們人手不足。」

「所以，妳能不能也來幫忙……？就算只在執行委員工作的空檔來幫忙也好……」

這兩位女生是與野沙也和氏家加奈。她們是班上的女生二人組，跟春珂感情很好。她們是手藝社社員，聽說兩人都很有本事，偶爾帶來學校的小玩偶與其他小東西，每一件都精美到與市面商品毫無分別的地步。

看來她們似乎被古暮同學任命為老牌咖啡廳制服製作的負責人了。那種精準的看人眼光，讓我不由得對古暮同學感到佩服。

「啊～～沙也！加奈！如果可以慢慢進行，那我當然願意幫忙！」

「哇，真的嗎……？」

「謝謝，妳真是幫大忙了呢……」

然後因為這樣，霧香的視線也看向她們。

「……喔～請問妳們兩位也是春珂學姊的朋友嗎～？」

「咦？啊，是的……」

「確、確實沒錯……」

兩人不安地依偎在一起，就像被猛獸盯上的小動物。

「既然兩位是手藝社社員……這個嘛～應該也會做人偶之類的東西吧～？」

「……啊，嗯，我們會做人偶……」

「那應該算是我們的專長……」

「很～好！」

霧香露出一副「正合我意」的表情，不斷點頭。

然後，她再次環視在場眾人——

「既然這樣——我們就用這些成員來演『人偶戲』吧～！」

「咦，人……人偶戲？」

「沒錯！」

看著慌忙詢問的春珂，霧香用充滿自信的表情點了點頭。

「柊學姊負責寫劇本，沙也學姊與加奈學姊負責做人偶，春珂學姊負責主演。這樣就能來演一場人偶戲了！」

「咦、咦咦咦咦咦……」

春珂伸手扶額，柊同學忸忸怩怩。

至於與野同學和氏家同學，則是搞不清楚狀況，只能一臉茫然。

然而，當她們聽完春珂解釋後——

「咦，咦咦……！」

「要我們上那種大舞台表演嗎……！」

也都驚訝不已，開始手足無措。

「……可、可是，這樣真的沒問題嗎？」

春珂代表眾人，一臉不安地這麼問。

「因為其他表演者……真的都很厲害啊。不是全國級高手，就是已經半隻腳踏進職業等級……就算我們這些外行人跟他們一起上台表演，也只會扯人家後腿吧……」

「……嗯～～……的確，一般人都會這麼想吧～～」

而霧香也很乾脆地承認這點。

「畢竟其他表演者都是每天不斷練習鑽研技術的專家～～老實說，我覺得舞台水準會非常高，通常不會把外行人推上那種舞台吧～～」

「那、那妳為什麼……？」

「因為我突然靈光一現啊。」

面對春珂的疑問——霧香露出自信的笑容。

「當我第一次遇到春珂學姊，跟妳說話的時候，腦海中就浮現一種想法～雖然讓整個舞台活動都很正經嚴肅也行，但有段輕鬆的時間會更好。不過，雖說要有輕鬆的時間，也不能拿出濫竽充數的表演……我想要那種讓人感覺很不錯的『癒療時光』。」

……邀請Phasers和alala的時候，她也是這麼說的。

我原本還以為霧香只是隨便亂說，但看來那似乎是她的真心話。

「然後，我發現惹人憐愛的春珂學姊就是最適合提供這種時光的人選。她給人一種有些少根筋，但內心很堅強的感覺～所以，只要讓她跟朋友一起上台表演，應該就能變成一段很棒的『餘興節目』。然後，我今天又遇到了柊學姊、沙也學姊和加奈學姊，就覺得這個想法應該可行～」

然後，霧香站在她們面前，用比剛才還要認真的口氣——向她們號召。

「事情就是這樣，讓我們大幹一場吧！用各位的人偶戲讓聯合舞台更精彩吧！」

眾人露出非常不安的表情，慌了起來。

「咦，該怎麼辦呢……」

「我會緊張耶……」

「……劇本現在寫來得及嗎……」

「就時間來看，好像不是辦不到耶……」

她們開始小聲討論這些事情。

也許是因為這件事開始變得有真實感，讓她們臉上的不安也加深了許多。

然而——

「……聯合舞台啊……」

「我確實……有點想看看別人對自己作品的反應……」

「我以前就想做看看會動的人偶了……」

「想嘗試看看」的願望以及不明所以的衝勁看來確實在她們心中萌芽了。

「反正機會難得，我有點想留下回憶呢……」

「畢竟一旦升上三年級就得忙著念書，不太有機會做這種事了……」

「是啊，這次或許就是最後的機會……」

「……這個主意好像不錯耶。」

——局勢已經完全「傾向上台表演」了。

不管是柊同學、與野同學，還是氏家同學，都在不知不覺間面帶微笑，臉頰開始泛紅。霧香創造出來的氣氛讓她們開始深陷其中——

事情到了這個地步，只要有人最後再推她們一把就行了。

「……那、那個……」

默默煩惱的春珂轉頭看向我。

臉上掛著戰戰兢兢的表情。

「這只是我個人的問題……」

「嗯、嗯……什麼問題？」

「矢野同學……」

說完——春珂微微歪頭。

「你想看我們表演的人偶戲嗎……？」

……我抬起頭，稍微想了一下。

由柊同學寫劇本，與野同學和氏家同學負責做人偶，春珂負責主演的人偶戲——

而且要在文化祭的聯合舞台表演——

我試著想像了一下，確實有些個人的想法。

不過，更重要的是——

「這、這個嘛……」

——春珂一臉認真，有些緊張地看著我。

那表情——不知為何讓我稍微受到了打擊。

春珂慢慢試著踏出那一步。那個內向的女孩正逐漸改變自己。

而且——還是在庄司霧香的帶領之下。

我彷彿看到了當時的自己。

現在的春珂，就像當初從霧香身上學到處世之道，因此改變的我一樣——

這個事實讓我有一瞬間不曉得該做何反應，可是——

『你想看我們表演的人偶戲嗎……？』

對於春珂的這個問題——我覺得自己不該說謊。

我必須明白說出自己的感受。

我嘆了口氣後，心不甘情不願地開口……回答春珂的問題。

「……我還挺想看的。」

＊

「——哎呀～～事情總算定下來了，真是太好了呢～～」

說完，霧香伸了個懶腰。

「雖然是臨時想到的主意，但好像有機會實現，讓我鬆了口氣呢～～剩下的問題，就只有讓Ｏｍｏｃｈｉ老師點頭了～～」

「……是啊，這件事是真的有點難度。」

我讓想討論細節的春珂等人留在教室。

在帶霧香前往校舍玄關的路上……我嘆了口氣，忍不住抱怨。

「妳不覺得應該事先跟我說一聲，做得更有計畫性一點嗎？要是柊同學她們今天沒過來，不就完全討論不出結果了嗎……」

在放學後的走廊上，許多學生都忙著進行各個班級的準備工作。

也許是要用在鬼屋，有人正忙著製作可怕的假幽靈，也有人在女僕咖啡廳的看板上畫了異常精美的插圖。

遠方傳來輕音樂社演奏知名樂團曲子的聲音。

當然，大家的成果並非只有高品質的東西。我還有看到只隨便貼上色紙、完全看不出用途的板子，以及敷衍了事的展覽品。不過，這些東西也很有高中文化祭的感覺。

在這幅光景中——

「你錯了～～其實見機行事也很重要喔～～！」

霧香用讓人聽不出真意的口氣說道。

「反正只要夠會說話，就能把事情引導到正面的方向～～剩下的問題，就只有能帶起多大的風向。只要會利用現場的渲染力，這個問題不難解決～～」

「……真的是這樣嗎……」

「就是這樣喔～～」

換作是平常的我，應該無法接受這種說法吧。比起依靠現場的渲染力這種不可靠的東西，確實做好事前準備當然比較好。

可是，說出這種主張的人是庄司霧香。雖不情願，但這些話還是有種說服力，讓我無法繼續反駁。

「……話說……」

霧香突然探頭看過來。

「有件事我一直想不通耶～～」

「……什麼事？」

「──你為什麼不跟春珂學姊交往呢？」

「……咦？」

這個完全預想不到的問題——讓我的腦袋當機了。

……什麼意思？春珂向我告白的事情，我應該沒跟霧香說過。

這傢伙——到底知道多少？想從我口中問出什麼？

「妳這話是什麼意思……？」

「哎呀～～秋玻學姊和春珂學姊不是雙重人格者嗎？」

「是這樣沒錯……」

「也就是說，她們其實是同一個人吧？可是，你卻只跟秋玻學姊交往，而不跟春珂學姊交往……這樣不是很不自然嗎～～？」

「……不對吧。」

我的聲音不由得激動起來，同時搖搖頭。

我很清楚霧香不是在說春珂告白的事情。

不過，她卻問了一個根本性的問題。

那就是如果跟雙重人格者談戀愛——同時喜歡上對方的兩個人格，是不是一件自然的事情？

然而——

「她們確實共用一副身體，但兩人都是獨立的個體喔。」

自從認識她們以後，直到今天，這都是我絕對不會改變的基本原則。秋玻與春珂確實同住在一個身體之中。即使如此，她們還是有著各自的想法與願望，以一個獨立個體的身分活在世上。

所以——

「我沒辦法把她們當成同一個人……更別說是同時喜歡上她們。」

「……真的嗎？」

霧香繼續追問。

「你真的不曾感到迷惘，也不曾為此煩惱？」

這似乎——是個純粹的問題。

霧香並非在刺探什麼，也不是感到懷疑，就只是想知道我的想法是真是假。

「她們不是有著完全相同的身體與長相嗎？雖然個性幾乎完全相反，但本性應該一樣，雙方都是很有魅力的女生吧？兩個人都非常可愛……所以……」

霧香用彷彿看穿一切的眼神——注視著我的眼睛。

跟指甲彩繪一樣寄宿著亮彩的眼睛射穿了我的心臟。

然後——

「你連一次都不曾對春珂學姊心動嗎？」

她用一反常態的直率語氣如此問道。

「我不可能心動吧。」

——當我回過神時，已經想也不想就這樣回答了。

我露出笑容，用澈底排除掉嚴肅感的輕鬆語氣說：

「我是真心覺得她是個好朋友。雖然她確實有著跟秋玻一樣的身體……但只要內在不同，給人的感覺就會完全不一樣。所以，我一次都不曾把春珂當成異性看待。」

在如此解釋的同時——我清楚自覺到了。

這是技巧。

我現在正用霧香傳授的技巧，用虛假的語氣和表情說話——

——睽違好幾個月的自我厭惡感湧上心頭。

我彷彿說了謊，隱約感到一股罪惡感——

可是——在我內心某處也體會到了這種做法的「方便」。

只要用這種說法……確實可以在這種局面掩蓋掉所有問題。
霧香像是看到意想不到的東西，眼睛眨個不停。
「……是嗎？」
然後，她滿足地眯細眼睛，向我點了點頭。
「原來如此，我明白了。」
她還踏著輕快的腳步走到我前面幾步的地方。
「看來是我誤會了呢～～」

＊＊＊

10月23日（日）

那可能是一種類似共犯的感覺吧。
我跟她都裝備了用來對抗這個世界的武器。
只有我們知道對方手中握有那種武器。
所以，在我心中肯定正逐漸對她萌生出一種革命情感。

不知道對方是否也有跟我一樣的想法。
不知道她是否願意認同我這個同伴。
如果她願意，那就是最讓我高興的事情了。

三角的距離無限趨近零

第十五章 Chapter.15

好想傷害你

Bizarre Love Triangle

我們跟Omochi老師交涉的過程不太順利。

儘管霧香用郵件不斷展開攻勢，也只得到冷漠的回應。

即使如此，她還是……堅持不懈，最後成功與對方約好，在文化祭當天的一星期前見面。

「你好～～！」

為了商討活動事宜，我們來到對方家裡。在對方父母的帶領下，來到對方用來製作樂曲的房間。

霧香還能像這樣用一如往常的態度問好，實在讓我發自心底佩服。

「我們是文化祭執行委員～～！為了邀請妳在聯合舞台表演，特地來拜訪～～！」

她露出爽朗的微笑，但散落在腳邊的——音樂雜誌、空寶特瓶和亂丟的髒衣服等東西卻凌亂得讓人看不見地板。架子上胡亂擺著CD、唱片和動畫人物的模型，房間深處的桌子上放著堆積如山的電腦和音樂器材。

整體給人有如「經歷大地震的二手商店」印象的渾沌光景就在我們眼前展開——

然後，我看向工作桌前面。

有個人就坐在網布辦公椅上，回過頭來看向我們。

「啊，歡迎各位～～」

對方是位看起來有些沒精神、戴著眼鏡的二年級女生——她就是Ｏｍｏｃｈｉ老師，本名叫菅原未玖。

她穿著顯然是家居服的運動服，留著一頭黑色長髮，那張算得上美人的臉完全沒有化妝。掛在脖子上的耳機還傳出聲音，她肯定是直到剛才都在工作吧。

然後，她沒有表現出怯色，但也沒露出微笑。

「哎呀，你們隨便找地方坐吧。我是無意參加聯合舞台活動啦，但畢竟你們都專程跑一趟了～～」

她指著沒地方可坐的地板這麼說。

——聽說Ｏｍｏｃｈｉ老師是出了名的怪人。

雖然不是繭居族，但她很少離開房間，也不來學校上課，只是一直在家裡作曲，透過網路發布到全世界，並且偶爾在俱樂部活動表演。

她創作的音樂在國內得到好評，好像還曾經參加知名音樂家的樂曲重混工作，累積了許多實績。據說最近連在國外都開始以「日本的可愛系背景音樂製作人」這樣的定位打響名號。

我試著把她創作的樂曲都聽過一遍，感覺應該算是鐵克諾流行樂，但也許是電子舞曲才對。那都是些電音系的華麗樂曲，但旋律平易近人，聽起來的感覺很舒服。水準高得讓我實在無法相信創作者居然是跟我同輩的人。

如果這個人願意上台表演，這次的聯合舞台肯定會很精采。

然而——

「就結論來說，我還是不打算出場～～」

當我們清出空間，總算能夠坐下後，Omochi老師很乾脆地這麼說。

「雖然你們很認真地邀請我，讓我不太好意思就是了～～」

「……能不能請妳通融一下呢？」

之前一直都是靠霧香搞定，讓我決定這次要努力看看，開口向她拜託。

比起氣質偏向玩咖的Phasers和alala那些人，這個人的氣質跟我比較接近。如果是她，憑我的交涉技巧，或許也有機會讓她心動。

「Omochi老師，妳的曲子我當然都聽過了。那些曲子真的很棒，讓我深受感動。雖然我在音樂方面是外行人，無法做出詳盡的評論，但那些都是會令人不自覺舞動身體，卻又讓人怦然心動的樂曲……我現在也經常在上下學途中聽那些曲子。」

「哇～～這真是太感謝了～～」

Omochi老師笑了出來。

她露出小虎牙，臉龐多了幾分稚氣。

「這可能是同校的人頭一次當面稱讚我呢。我好開心～～」

「然後，我們這次的聯合舞台也跟往年一樣，目標是真正高水準的演出，肯定有很多觀眾會來看表演。所以，我無論如何都希望能讓那些觀眾聽到妳的曲子。我想讓他們好好享受。」

「嗯～～」

Omochi老師交叉雙臂，嘟起了嘴。

然後，她一臉抱歉地皺起眉頭。

「雖然你這麼說真的讓我很高興～～不過我還是不能答應～～」

……果然不行嗎？

雖然我知道沒那麼容易就能讓她點頭，但發自內心的請求被人乾脆拒絕，還是讓我相當受挫。

「其中有什麼理由嗎～～？」

霧香用一如往常的興奮語氣詢問Omochi老師。

聲音在三坪大的小房間裡發出不太搭調的巨大迴響。

「妳經常參加俱樂部活動～～應該不是因為討厭面對人群，或是不想在別人面前表演對吧～～？」

「啊……嗯，妳說得沒錯～～」

Omochi老師點了點頭。

然後，她抬起視線稍微想了一下。

「……這麼說來，我也不曉得原因耶。」

接著像在自言自語般小聲這麼說。

「我為什麼不想參加聯合舞台活動呢～～」

……原來連她都不知道原因嗎？難道她只因為沒來由地覺得討厭就拒絕了嗎……

身為一位創作者，她當然不見得會為每個決定加上理由。即使如此，就連在這種情況下，她都是用「感覺」在做判斷這點還是讓我感到驚訝。換作是我——一定會反覆思考自己為何會有那種想法，以及為何會導出那種結論。

「啊！難不成～～妳是擔心器材的問題～～？」

霧香用同樣充滿躍動感的聲音問道。

「表演是在體育館的特設舞台上進行，如果妳是擔心器材沒辦法達到俱樂部那種水準，那妳大可放心～～！雖然音響的聲音可能會有差異，但我們的預算相當充足，器材足以實現跟街上的俱樂部同樣水準的表演環境喔～～！」

「……嗯～～」

Omochi老師還是一樣交叉雙臂，低聲沉吟。

「啊！難道是進場人數的問題嗎？妳是不是擔心不會有觀眾～～？」

這確實很有可能。

這個人有名到只要把音源上傳到網路，就能有幾十萬次的播放數；只要到俱樂部表演，就會有幾百名觀眾捧場。

她或許是擔心到時候可能得對著空蕩蕩的會場演奏。因為有些文化祭的舞台活動確實是在冷清的氣氛下進行。

然後霧香站起來，一邊比手畫腳一邊解釋。

「請放心，我們的聯合舞台活動不會有這個問題！去年活動的表演者包含在獨立音樂界活動的樂團，以及在全國大賽出場的戲劇社，光是這樣就吸引了四百名左右的觀眾！今年因為Phasers和alala決定上台表演，已經引起話題了，我們的事前宣傳也很完備，到時候會場肯定會爆滿喔～～！」

Omochi老師平時登台表演的俱樂部大致能夠容納兩百位觀眾，即使與之相較，這次活動的預期觀眾人數應該也不會比較少。

然而——

「也不是因為這個問題〜〜」

Omochi老師嘟起嘴巴，壓低語氣這麼說。

「不會吧！那妳到底在擔心什麼〜〜」

霧香邊說邊走向Omochi老師，還握住了她的手。

「要是妳有頭緒，請務必告訴我！我真的很喜歡妳的曲子！所以〜〜如果是為了妳，就算是稍微無理的要求，我也會解決的〜〜！」

然後霧香彎下腰，在非常近的距離下探頭看向Omochi老師。

「請妳不要客氣，儘管把我當成朋友，想說什麼就說吧〜〜！」

——這波攻勢還真是相當猛烈。

在邀請Phasers與alala的時候，霧香的態度還算是遊刃有餘。

可是，她這次卻採用了這種距離感和態度。

我能清楚感受到她已經為了這次的交涉使出渾身解數。

——然而……

「……是說〜〜」

Omochi老師——掙扎甩開霧香的手，將視線移向電腦。

「那個～如妳所見，我是個『陰暗的人』～」

然後說出這種話。

「妳叫庄司同學對吧？妳很明顯屬於『陽光的人』吧？」

「『陽光的人』……？」

霧香似乎是頭一次聽到這個詞彙，不解地歪著頭。

「就是開朗活潑的人的意思～我不太擅長應對那種玩咖式的交流方式～」

「是、是這樣嗎～……？」

霧香這麼說著，慌張地拉開距離。

Ｏｍｏｃｈｉ老師沒有把視線移回霧香身上。

「而且像妳這種『陽光的人』，應該無法理解我這種『陰暗的人』的心情吧～」

「……不、不不不，沒那種事。我能理解妳不想上台表演的心情喔～！那種事很累人對吧！」

「……哎呀～我並不是因為覺得累才拒絕的。」

說完，Ｏｍｏｃｈｉ老師的表情蒙上一層陰霾。

「啊，妳現在是不是覺得我很難搞？不好意思，我就是這種人。」

「……呃，不，我沒有那麼想～」

雖然霧香臉上依然掛著笑容——卻沒辦法繼續說下去。

「……事情就是這樣。」

短暫的沉默結束後，Ｏｍｏｃｈｉ老師說出了結論。

「我果然還是沒興趣，應該很難上台表演吧。」

……現在到底該怎麼辦才好？

唯一可以依靠的霧香不但失敗了，而且也搞不懂她不願意上台的理由。

那麼……我們接下來到底該怎麼做，才能得到Ｏｍｏｃｈｉ老師的許諾？

到底該怎麼讓她敞開心房呢？

我跟霧香在一瞬間視線交會。

她難得懊悔地緊咬下脣，瞥了房間出口一眼。

也許我們應該——暫時撤退。

那個眼神肯定是這個意思。

如果維持現況，我們確實無計可施，或許我們應該重新擬定策略。

就在我朝霧香輕輕點頭，準備起身離開時——

「……是因為討厭學校嗎？」

一道聲音——突然從身後響起。

「Omochi老師……妳是不是討厭學校？」

我回頭——看向秋玻。

一直保持沉默的秋玻露出靈光一現的表情，注視著Omochi老師。

至於Omochi老師——則是一臉驚訝。她稍微瞪大眼睛，將視線移向秋玻。

「那個，我不太確定自己……是不是一個『陰暗的人』……不過我曾經有過那種感覺。當時我總覺得自己無法適應學校，去上學的日子也不多，結果就變得越來越不願意上學……」

「……是喔。」

也許是對這些話感興趣，Omochi老師探出身體。

秋玻像在回憶當時般垂下眼，斷斷續續地說下去。

「這不過是我的想像，要是猜錯，我願意道歉……Omochi老師，妳該不會也是這樣吧……」

聽到這句話，Omochi老師不知為何愣了一下。

「……啊，對、對不起，我不該說這麼沒禮貌的話！」

秋玻突然回過神來，開始打圓場。

「我居然只憑印象就說出這麼過分的話……！事情應該不是我說的那樣對吧？對不

起，我不該隨便亂說話的……」

然而——

「……不，沒關係～」

Omochi老師說出這樣的話——

「這樣啊……如果要試試看，就用那首曲子……」

她一邊小聲自言自語，一邊重新面對電腦。

然後，她握住鍵盤與軌跡球——快速地進行某種操作。

她開啟某個軟體，在螢幕上顯示出波形。那應該是用來製作音樂的軟體。然後——

「我想妳猜對了～」

Omochi老師很乾脆地承認。

「我只是單純討厭學校～所以不想上台表演～」

——沒想到秋玻竟然猜對了。

原來Omochi老師真的是因為討厭學校，才不想在聯合舞台上表演嗎……

如果真的是這樣，那不就無計可施了嗎？

畢竟我們沒辦法改變學校，也很難在一個星期內讓Omochi老師回心轉意。事到如今也不可能把舞台移到其他地方。更何況，這可是「學校的文化祭」，要是在校外舉辦就失去意義了。

……難道我們只能放棄了嗎？

想要邀請Ｏｍｏｃｈｉ老師上台表演，該不會本來就是不可能的任務吧……？

然而——

「——不過，那種事已經不重要了～」

說完，Ｏｍｏｃｈｉ老師在工作桌上東摸西摸。

然後她抓住某樣東西——拿到秋玻面前。

——那是麥克風。

她把跟某種器材連在一起的麥克風，指著秋玻的嘴巴。

然後，她一臉理所當然地說：

「請妳隨便說些什麼～」

「咦？什、什麼意思……？」

「說什麼都好，簡短地發出一些聲音吧～」

「咦，就、就算妳突然這麼說……我也不知道該說什麼……」

「感謝協助～」

雖然秋玻一臉驚訝，完全搞不清楚狀況，但Ｏｍｏｃｈｉ老師似乎這樣就已經滿足，把麥克風收了回去。

然後她戴上耳機，把手放回軌跡球與鍵盤上，開始快速地操作音樂製作軟體。

——我不知道現在是什麼狀況。

完全搞不懂她打算做什麼事。

然而——她熟練的手法與認真的眼神，讓我有種起雞皮疙瘩的感覺。

彷彿剛才那種散漫的感覺都是騙人的一樣，她的動作既迅速又俐落。

銳利的目光緊盯著螢幕——

過了幾分鐘後——

「完成了～～」

她拿下耳機，轉頭看了過來。

「你們聽聽看吧～～」

Omochi老師操控擺在旁邊的擴音器，按下音樂軟體的播放鈕。

房裡開始響起華麗的電音。

以低音鼓聲為背景，襯托著合成器的雷射音效。

這是一首光是聽著就令人感到愉快，有種想要跳舞的衝動……還讓人感到些許悲傷的不可思議的樂曲。

而且——

「……是、是我的聲音！」

——秋玻澄澈的嗓音也交織在其中。

她的話語聲飛快地不斷重播。

聽了一段時間後，我發現那是秋玻剛才說過的話，只是配合樂曲的節奏被剪貼進去罷了。

『咦，就、就算妳突然這麼說……我也不知道該說什麼……』

只用了這麼短的一句話，把某部分剪掉，把某部分加上回音，把某部分加上機械化音程，然後放進曲子裡面。

就讓我——不可思議地覺得感動。

「……感覺真好……」

聲音的浪潮舒服地包圍著我，讓我忍不住說出這句話。

也許是因為那種有些悲傷的伴奏，跟秋玻的話語聲配合得很好吧。不光是因為節奏令人舒服，那聲音不知為何讓我覺得感動。

如果要比喻——就是那種平時跟她一起放學回家，懷著鄉愁遙想過去的感覺。

抑或是——以鮮明的色彩間接體驗那個或許有機會與她共度的暑假般的懷念感……

「呵呵呵，你也這麼覺得吧～～？」

Omochi老師得意地轉過頭來。

「我平常都是自己唱～～但該怎麼說……總覺得我的聲音就是偏向那種萌聲～～」

在我試聽過的曲子之中，確實都是偏向有些動畫風格的可愛歌聲。那種歌聲跟Omochi老師的曲子也很搭調，我覺得也很不錯。

「可是，其實我最近還挺想搭配其他類型的歌聲看看～～」

Omochi老師一臉不滿地皺起偏粗的眉毛。

「還累積了很多因為自己不滿意就沒有發表的新曲～～而我總算遇到適合那些曲子的理想聲音了～～請問妳是……」

「……水瀨。」

Omochi老師看了過去後，秋玻羞怯地自我介紹。

「我叫水瀨秋玻……」

「嗯嗯，這都是水瀨同學的功勞呢～～……於是……」

當Omochi老師說出這句話時，曲子也正好結束了。

她在椅子上重新坐好，朝向我們翹起二郎腿。

「我想到條件了～～」

「請問……是什麼樣的條件呢？」

聽到我畏畏縮縮地這麼問，Omochi老師整個人靠在椅背上，用跟之前沒兩樣的散漫口氣——

「我想請水瀨同學獻唱幾首歌，協助我錄製曲子。大概唱六首歌吧。相對地——我也會在聯合舞台上場表演。這樣行嗎？」

「——咦、咦咦咦咦……」

突然從天上掉下來這樣的話題，秋玻似乎還有些跟不上。

她伸手扶額，露出困擾沉思的表情。

不過，她好像對這件事有些興趣。

「那個……我對自己的歌喉沒什麼信心耶……」

如此詢問的她臉頰染上淡淡的桃色。

「這樣妳也能接受嗎……？」

「啊～～這妳不用擔心～～反正可以重唱無數次，我也會開啟自動調諧功能～～就是可以調整音程的意思～～正式上台時也會播放錄好的歌曲，妳不需要現場演唱～～」

「原……原來如此……」

「而且憑水瀨同學的音質，唱功稍微差一些，聽起來反而更有感覺喔～～」

「唔、嗯……」

「……咦～～！好好喔～～！」

——突然……

一直保持沉默的霧香叫了出來。

「我以前就覺得秋玻學姊的聲音很可愛了～～！可是，能被Ｏｍｏｃｈｉ老師邀請獻聲，實在太令人羨慕了～～！」

「是、是啊……我也覺得很榮幸……」

「……我想說的是～～」

說到這裡，霧香突然看向Ｏｍｏｃｈｉ老師——提出這樣的要求。

「請妳也讓我試試看吧～～！」

「咦～～庄司同學，妳也想唱嗎？」

「是的！別看我這樣，對自己的歌喉也是很有自信的～～！我覺得自己一定能派上用場！」

……這是怎麼回事？

看到這副光景，讓我感到困惑不已。

像這樣對別人提出強硬的要求，實在不像是霧香的作風……

……難道說……

霧香……感到很懊悔嗎？

因為秋玻不但成功說服Omochi老師，還得到賞識，受邀獻聲，讓她覺得羨慕……產生了對抗心理嗎？

「……哦～～的確……」

Omochi老師一邊輕推眼鏡，一邊仔細觀察霧香的長相。

「如果好好運用妳的『陽光嗓音』，應該能讓曲子變有趣～～」

「我就說吧！請妳務必讓我挑戰看看！」

「嗯……這麼一來，不光是以前的曲子，可能還得準備新曲了～～我想寫一首能充分發揮妳們聲音的好曲子……」

「哇～～！太棒了～～！」

霧香已經把溝通技巧完全拋到腦後，只是純粹感到興奮。

她沒有隱藏自己興奮激動的心情，轉頭看向秋玻。

「看吧！秋玻學姊！問題一個接一個解決了～～！讓我們一起努力吧～～！」

「唔、嗯……」

秋玻把手放在嘴邊，陷入沉思之中。

不過，她意外地很快就點了點頭。

「……嗯、嗯。我明白了……」

然後怯怯地重新看向Omochi老師。

「我願意接受挑戰。所以……請妳務必在聯合舞台上表演……」

＊

——所有表演者都確定出場後，舞台活動的準備工作也進入尾聲了。

我主要負責接洽器材出租業者，忙著說明我們需要用到哪些器材、活動當天的會場布置方式，以及表演者的簡略資料。霧香負責與表演者進行協調，聽取他們的需求，周密地安排排練的日程。至於秋玻則是每天忙著跟Omochi老師進行錄音的工作。

順帶一提，聽說在她們兩人持續單獨工作的過程中，秋玻也把春珂的事情告訴Omochi老師了。結果Omochi老師似乎也很中意春珂，讓她們變成偶爾會用Line互傳訊息的朋友。

此外，聽說春珂等人的人偶戲也漸漸有個樣子了。平常很內向的柊同學突然展現出領導能力，以製作總監的身分大顯身手。

——然後，當各項準備工作都拖到不能再拖，但還是勉強趕在最後期限內完成時，已經是——文化祭前一天。

在宮前高中的大型教室裡，兩所學校的執行委員齊聚一堂，在正式活動前舉辦慰勞會。

＊

「——事情就是這樣，今年也如同往年……我們總算是在文化祭前一天搞定所有工作了！……真的都搞定了吧？不會有問題吧？」

站在講台上的執行委員長一臉不安地詢問眾人。

「沒問題啦～～！」「全都搞定了～～！」「我這邊來不及啊～～！」

聚集在他面前的執行委員們發出這樣的叫聲。

「喂！我聽到剛才有人說來不及喔！明天真的沒問題嗎！……算了，玩笑就開到這裡，真的是辛苦大家了。既然已經走到這一步，剩下的就只有衝到終點了！希望大家明天多加小心，不要發生任何意外，度過最棒的一天吧！」

「喔——！」「糟糕，我開始緊張了！」「就是明天了啊～～……」

在這個大約有兩間教室那麼大的空間裡，聚集了八十名左右的學生。

半數學生穿著宮前高中的制服，另一半學生則穿著御殿山高中的制服。前幾天才剛換季，兩所學校都有人穿著冬季制服的西裝外套，但也許是因為悶在房間裡的熱氣或自己的體溫，絕大多數學生都只穿著跟夏季制服差不多的襯衫。

太陽早已西沉，窗外一片漆黑。

相較之下，這個房間被天花板上的日光燈照得燈火通明，給人一種只有這裡與世隔絕的感覺。

「……所以——」

委員長高舉杯子，大聲喊道：

「大家辛苦了！乾杯～～！」

聽到這句話後——聚集在這裡的學生們也拿起杯子回應。

到處都是舉向彼此的塑膠杯。

我、霧香與春珂也互相說了：「辛苦兩位了。」「辛苦了～～！」「真的很辛苦呢……」並且乾杯，然後在附近找椅子坐下。

……然而——

「……喂，春、春珂，妳靠太近了啦。」

場地明明就很大，春珂卻把椅子靠到能碰到我肩膀的地方，害我嚇了一跳。我急忙挪開自己的椅子。

「咦～這樣沒有很近吧～……從以前就是這種距離啊。」

「是……是這樣嗎……」

看著一臉不滿的春珂，我想起被她告白以前的事情。

經她這麼一說，我們好像確實曾經坐得這麼近……話雖如此，既然已經被她告白，我就不能毫無顧慮地跟她坐在一起。

雖然感到過意不去，但我至少應該跟她保持一個拳頭左右的距離。

「矢野學長，終於來到活動前一天了……你現在有什麼想法～？」

當我忙著調整椅子位置時，霧香笑咪咪地探頭看了過來。

「我們一起進行準備工作的這些日子，有沒有讓你開始質疑現在的自己～？」

「……我也不曉得。」

我想也不想就如此回答，後來才發現這種回答幾乎等於承認。這令我十分懊悔。

「不過，我必須承認扮演角色的技巧，在某些情況下確實很方便。」

我補充說明。

「方便……方便啊～～」

這個回答讓霧香微微一笑。

「其實不是只有方便而已呢。不過，現在能讓你說出這種話就夠了～～」

——我當然明白那種事情不是「方便」兩字就能解決。

過去的我——也曾經對自己感到不耐煩。

每當身旁有人難過悲傷的時候，只要開個小玩笑，就能讓對方得到安慰，而我卻只能站在旁邊擺出一張臭臉——

在這次的文化祭準備工作中，我更是清楚體認到了這個缺點。

在某些情況下，貫徹自我更是毫無意義的事情。

反倒是只要配合對方應對進退，就能讓大家都得到幸福的情況比較多。

——那我到底該怎麼做才好？

就算明知如此，也該繼續貫徹自我嗎？還是說——我應該變回過去那個從霧香身上學會處世之道的自己？

「——霧、霧香……拜託妳不要再說了……」

聽到那幾乎聽不見的聲音後——我抬起視線。

春珂……正咬著下唇，握緊拳頭，注視著霧香。

然後她再次開口。

「不要像這樣……逼迫矢野同學了……」

她用顫抖的聲音繼續說。

「我覺得妳說的話確實有些道理……人總是會遇到不得不偽裝自己的情況。可是，矢野同學也是想了很多，苦惱許久，才會變成現在的他。所以，我希望妳不要那樣逼迫他，或是說些挖苦他的話……」

那已經是——她拚盡全力的反抗了吧。

我還是頭一次見到春珂跟別人起衝突。這個事實——讓一股溫暖的謝意湧上心頭。

然而——

「我可沒有挖苦他喔～～！」

霧香只用開朗的一句話，就打發掉了春珂的心意。

「我也是為矢野學長好才說這些話的！所以，春珂學姊跟我的差別，就只有方向不同而已喔～～」

「如果真是這樣，妳應該再多想想矢野同學的心……啊啊啊……」

就在這時，春珂發出丟臉的叫聲。

「討厭……偏偏在這種時候對調了……」

她坐在椅子上低下頭，用瀏海遮住臉孔。

然後──

「霧香，這件事我們下次再說……」

最後留下這句話後，人格就切換成秋玻了。她緩緩地抬起頭。

「……啊，看來慰勞會開始了呢。」

「嗯，執行長的致詞才剛結束。」

──我這麼告訴她。

讓秋玻驚訝地看了過來。

我們的臉幾乎貼在一起，間隔僅有──十幾公分。

「……好、好近……」

秋玻一邊這麼說，一邊連忙把椅子移開。

然後……她就像是注意到某個討厭的事實一樣，再也沒說話了。

……糟糕。

我可能讓她感到不安了。

她可能會認為我跟春珂離得太近。

即使我已經姑且與她保持距離，從肩膀緊貼在一起的地方，拉開到距離一個拳頭遠的地方。

可是……在剛完成對調的下一瞬間，她就發現我們坐得那麼近——就算懷疑我們原本緊貼在一起也不奇怪。分開後變成這種距離，與原本就是這種距離，這兩者的意義是完全不一樣的。

——我得說些什麼才行。

我必須說出能消除秋玻內心不安的話語——

雖然心裡這麼想，我卻找不到該說的話，只能拚命思考自己該擺出何種態度。

「……那個～～」

霧香用悠哉的口氣如此問道：

「你們兩位是不是交往得不太順利啊～～？」

「……啥？」

這個過於明白的問題，讓我有一瞬間停止思考。

我甚至懷疑自己是不是聽錯了。

然而——

「總覺得你們相處得不太自在呢。你們是不是吵架了啊～～？」

霧香繼續問了下去——我這時才總算理解。

這女孩現在正毫不客氣地介入我跟秋玻之間的關係。

而且肯定——懷有某種意圖。

「……不，妳誤會了！事情不是妳說的那樣…………對吧？」

「嗯，沒那種事。我覺得我們的感情很好……」

「『我們』的感情很好是嗎～～」

說完，霧香翹起二郎腿，表情像是幫病患問診的醫生。

「意思就是——問題出在春珂身上是吧？」

她輕而易舉地看穿了這件事。

「發生什麼事了？難不成她向矢野學長告白了嗎？」

「……妳怎麼會這麼想？」

「看就知道了。我不可能看不出來吧～～？」

……真的是這樣嗎？

我們之間的關係有好懂得旁人都能輕易看穿嗎……

「……不過，這種情況確實叫人傷腦筋呢～～」

霧香交叉雙臂，嘟起嘴脣，一副「這真是個難題」的表情。

「雖然我不是很清楚，但雙重人格的症狀不會永遠持續下去不是嗎？我也不曉得症狀結束後會怎麼樣，但感覺好像會發生不少問題呢～～」

——我們沒有把雙重人格的詳細情況告訴霧香。

春珂是從過去處於極大壓力的秋玻心中誕生的。

如今秋玻的壓力已經消失。

所以——春珂不久後將會消失。這些事情我們都沒說過。

可是，霧香應該是透過她敏銳的直覺……或是暗中調查資料，得知了這些事實吧。

重新被人提醒這件事——讓我的胸口感到一陣鮮明的痛楚。

暑假剛結束時，她們兩人對調的時間還是四十五分鐘，但現在已經變成三十分鐘左右了。當我們說著這些話時，春珂剩下的時間也正隨著時間慢慢減少。

然而，我卻——必須拒絕她的心意。

無法接受她對我的好感。

那股罪惡感已經令我難以忍受——讓我有種指尖逐漸變冷的感覺。

然後——

「……喂，矢野學長。」

——霧香用毫無惡意的表情向我問道。

「你真的——只喜歡秋玻學姊嗎？」

我身旁的秋玻抖了一下。

「你真的只喜歡她一個人嗎？你對春珂學姊都沒有那方面的好感嗎？」

「這不是當然嗎？」

我幾乎完全沒有思考，就用強烈的語氣如此回答。

「霧香，妳到底在說什麼傻話啊？我喜歡的人就只有秋玻，絕對不會對其他女生有那方面的好感。」

「……那種事真的有人辦得到嗎？我覺得你最好認真思考一下——」

「——妳給我適可而止。」

——我已經忍無可忍了。

因為大家都是執行委員，以及過去對她的虧欠，讓我一直不斷忍耐，但被她多管閒事到這種地步，我實在無法忍受。

「那種事情與妳無關吧？那是我和秋玻與春珂的問題。妳沒資格說三道四。」

因為不習慣發怒，我無法不讓聲音顫抖。

雖然應該也能靠技術壓下怒火，但我現在不想那麼做。因為我總覺得這樣更能把自己的心情正確傳達給霧香——還有秋玻知道。

「……嗯，你說的有道理。」

霧香出人意料地乾脆認錯。

然後，她向我低頭道歉。

「不好意思～～我確實有點管太多了。我會反省的。」

……這種一點都不像是她風格的說法，讓我有些驚訝。

霧香……竟然很正常地道歉了。

仔細一看，還能在她臉上發現些許歉意。

我見過她出於戰略考量向人道歉。可是，我從未見過這女孩發自真心向人道歉。

霧香肯定也發現自己說話時有些失去冷靜了吧。

……為什麼？

為什麼霧香會因為這種話題而失去分寸呢……？

不過，我心中的疑惑很快就消失了。

「……不過算了，那種小事並不重要～～」

因為她換回原本的語氣如此說道。

「我的目的就只有讓你變回以前那個矢野學長。只要能做到這點，其他事情都不重要～～」

然後，她露出挑釁的笑容。

「所以——我會在明天一決勝負的。」

＊

「——我又沒能反駁她……」

才剛走出校舍，春珂就跟秋玻對調了。

春珂垂頭喪氣地踏上歸途，懊悔地小聲說道：

「結果話只說到一半就結束……明天就是活動當天，機會明明已經不多了……」

春珂邊說邊回頭看向校舍。

在視線的前方，跟廉價的生日蛋糕一樣，裝飾得五顏六色的我們學校，已經隱約沒入黑暗之中。

平時總是給人冷漠印象的正門前面，搭建了寫著「宮前高中　第65屆文化祭！」等字的臨時大門。整片雪白的校舍掛著跟滾筒衛生紙一樣垂下來的垂幕，上面寫有各個班級與社團的攤位內容。

例如——

「三年七班　最可怕的鬼屋『考試地獄』！背不起來就等著被死者吃掉吧……」

「二年十班　『誰說男生班不能開女僕咖啡廳』！偽娘女僕等主人大駕光臨。」

「吹奏樂社ＲＯＣＫ　ＬＩＶＥ！沒有指揮，沒有樂譜架，也沒有座椅！大家來跳舞吧！」

操場那邊的準備工作好像還沒結束。運動社團使用的夜間照明燈還亮著，而且還能聽到學生們的談笑聲，以及某人播放的音樂聲。據說每年都有許多準備到半夜，結果徹夜未歸的學生。

就連對文化祭這種活動沒有投入太多情感的我，在體驗過長達一個月的準備期與活動開始前的興奮後，都不免感慨萬千。

「……謝謝妳。」

對著走在旁邊的春珂，我說出包含各種感情的話。

「妳真的幫了我很多……」

我感謝她努力準備，也感謝她為我擔心。我要感謝她的事情多到說不完。不曉得我的心意有沒有傳達給她。

「……可是，我還是想在最後反駁她幾句……」

春珂還是一臉懊悔。

然後，她皺著眉頭看了過來。

「……如果我能好好對霧香說出心裡話，你就要跟我交往喔。」

這個突如其來的提議——讓我忍不住笑了出來。

「妳在說什麼傻話啊？沒人會因為這種理由就交往吧。」

春珂肯定也只是在開玩笑吧。

她不知為何默默看著我，然後露出笑容，重新看向前方。

「……嗯，說得也是，畢竟交往這種事又不是一種獎勵……」

——她的口氣跟剛才毫無變化。

一臉若無其事地說了句「可是」後——她又對我這麼說：

「矢野同學——你根本不曾好好考慮過吧。」

「……考慮什麼？」

「考慮我告白的事情。」

「……不，沒那種事！」

我忍不住叫了出來。

「我考慮過了！非常認真地考慮過了！妳知道那讓我有多麼煩惱嗎！」

我幾乎是想也沒想就這麼說——同時注意到自己的怒火。

沒錯，在那之後我一直都很煩惱。

煩惱該如何面對春珂，以及該跟她說些什麼。

還有，面對這位總有一天會消失的女孩——我到底該擺出什麼樣的態度。

我煩惱到晚上睡不著覺，上課時也聽不進去，滿腦子都是這些事情。

儘管如此——春珂卻不知道有何根據，對我說出了這種話。

然而——

「你考慮的不是告白這件事本身，而是該如何面對向自己告白的人不是嗎？」

她用非常平靜的口氣說出這個事實。

「那不能算是考慮告白這件事。」

「……那妳希望我考慮什麼？」

春珂停下腳步。

然後筆直地面對我——用那雙眼睛注視著我。

眼睛裡倒映著幾億光年外的深邃銀河。

讓我有種彷彿要被吸進那道星光的感覺——

「——考慮我的事情。」

——春珂用非常平淡的口氣如此說道。

「不是你還有秋玻，或這算不算是出軌之類的問題。你自己到底是怎麼看待我這個人——才是我希望你思考的事情。我就是為此——才向你告白。」

這些話說得斷斷續續的。在涼爽的十月微風中，春珂的秀髮輕輕擺動。

被她告白時的感覺——有如閃光般在腦海中浮現。

得知春珂心意時受到的震撼——

還有連我都感到意外，自己冷靜下來後做出的答覆——

春珂這些話對這件事提出了質疑。

——那其中包含了你自己的心意嗎？

在做出這個理性判斷的時候——你曾經考慮過我的事情嗎？

——我想了一下，然後發現了。

那其中肯定——只存在著邏輯。

——朋友向我告白。

——可是，我已經有女友了。

——而且我女友和這位朋友的感情非常好。

我只是基於這些前提，推導出一個「看似誠實的結論」。

「所以，矢野同學。」

春珂——踏出一步，對我伸出雙手。

然後就這樣把手繞到背後抱住我。

——全身上下都能感受到春珂的體溫。

我隔著制服感受到那種起伏與柔軟。甘甜的香氣搔弄著鼻腔——

——那是她與秋玻共用的身體。

這個事實化為一股無法抗拒的強制力，讓我心跳加速。

升高的體溫使熱量入侵頭腦，讓思考瞬間變得遲鈍。

「請你認真思考一下……這種心情。」

春珂在我耳邊這麼說，讓聲音直接在腦海中響起。

「誠實面對現在跟我擁抱的感受……並且思考其中的意義。」

然後，她說了聲「還有」，接著輕輕吸了口氣。

「——絕對不要搞錯了。你現在抱著的人——不是秋玻，是春珂。」

去。

經過了近似永遠的時間後，春珂離開我的懷抱。包覆著我的柔軟感觸與溫暖離我遠去。

「今天送我到這裡就行了。」

說完，她對我微微一笑。

「明天肯定會是辛苦的一天……所以，嗯，矢野同學，一起加油吧！」

丟下這句話後，她輕輕揮了揮手。

「晚安！」

獨自在夜晚的街道上奔跑。

然後，我一邊痴痴地目送她的背影離去——一邊模糊地回憶著殘留在身上的體溫與柔軟感觸。

＊＊＊

3月29日（三）

下星期就是宮前高中的入學典禮了。

從那一天開始，我就要用霧香鍛鍊出來的全新自我過活了。

雖然心中有許多不安，但我也有自信能順利做好。

畢竟我已經得到認可了。

連那個霧香都對我說「你做得很好，真不簡單」。

我對她的感謝無以言表。

雖然我從她身上學到很多事情，但最重要的關鍵說不定是與她之間的相遇。

我很期待向她報告高中生活的情況。

要是我能在新班級裡把角色演好，不知道她會露出什麼樣的表情。

第十六章
Chapter.16

我們都在平坦的舞台上苟延殘喘

Bizarre Love Triangle

三角的距離無限趨近零

「好——這一天終於到來了。今天就是宮前高中第六十五屆文化祭！」

——在被燈光照亮的體育館講台上，執行委員長正在致詞。

「大家狀態如何？昨晚睡得好嗎？我緊張到整晚沒睡，其實現在想睡到快要昏倒！所以，我覺得自己至少應該完成這次致詞！」

委員長一邊開玩笑，一邊大聲致詞。話語聲透過擴音器傳開，響徹整座體育館。而我身為文化祭執行委員的一員，也站在委員長身後，在講台上跟秋玻一起看他致詞。

這已經是文化祭揭幕典禮的最後環節。一旦委員長致詞完畢，由志願者報名參加的「企畫舞台活動」，便會在這裡開始舉行。

樂團、相聲、戲劇，以及其他各式各樣的表演者都會登場的這個活動，每年都辦得熱鬧非凡，如果說文化祭後半段的壓軸是「聯合舞台活動」，前半段的壓軸毫無疑問就是這個「企畫舞台活動」了。

也許就是因為這樣，聚集在此處的宮前高中全體學生，心中的期待感已經快要破表了。交頭接耳的聲音不絕於耳，館內的溫度感覺起來也莫名地高。

窗戶都被遮住，變得一片漆黑的體育館，也營造出強烈的「非日常」氛圍。

也許是因為這樣——

「——咦～～我們宮前高中文化祭有著悠久的歷史！在一九五零年代舉辦的第一屆文化祭，可說是這個地區的先驅，引起了很大的話題——」

「——你講太久了啦！」

「——快換下一個活動啦！」

執行委員長說個沒完的致詞，引來了四面八方的奚落聲。

「——讓我們看表演啦～～！」

「——你是開學典禮的校長嗎！」

大家會出聲抗議也是理所當然的事。委員長不知為何開始說明學校的歷史，當大家以為他總算說完時，卻又開始說起文化祭的歷史。這場致詞出人意料地漫長，連我都開始感到難受了。

「嗯……有那麼久嗎？說得也是！那我們就開始吧！」

委員長也這麼說，然後很乾脆地結束致詞。

「文化祭的歷史就擺到一邊去吧！仔細想想，我也對那種事情沒什麼興趣！」

這句話讓底下的聽眾大聲爆笑。

說不定他說這些話的用意——就跟霧香說過的一樣，是在等別人吐槽。

畢竟委員長這人經常在說話時安插難懂的吐槽點，事實上，拜這個段子所賜，底下的聽眾也變得更興奮了。真不愧是號稱籃球社下任社長有力人選的男人。不過，面對全校學生還敢這麼做，我覺得實在是太過無謀了……

「……好啦，大家都準備好了嗎？」

咧嘴一笑後，委員長調皮地如此問道。

確認館內完全靜下來後，他大大地吸了口氣——

「那麼——本人宣布，二零一八學年度第六十五屆宮前高中文化祭正式開始！」

——事先準備好的巨型拉炮在講台上炸開。

——底下發出震耳欲聾的歡呼聲。

然後——我們身後的黑色布幕也在同時拉開。

而輕音樂社的主力樂團已經在後面等著表演了——

「——來吧～～各位！讓我們盡情享受這一天吧～～！」

在主唱喊叫的同時，演奏也開始了。

從擴音器裡傳出快節奏的搖滾樂曲。

無縫接軌的演唱會，讓底下觀眾興奮到了極點。

任務暫時結束的我們，一邊斜眼看著這幅光景，一邊從講台外側退到後台。

「很好，揭幕典禮姑且算是成功，大家都辛苦了！」

先一步走下講台的委員長用笑臉迎接我們。

「我說得還可以吧？現場氣氛還算熱絡吧？畢竟當我致詞的時候，底下的聽眾也有吐槽。」

聽到他這麼問，副委員長和其他人都輕撫胸口。

「哎呀～～可是那種玩笑很危險吧……」

「幸好沒有冷場～～」

「啊哈哈，其實我剛才也有點緊張！」

委員長露出一口白牙，爽朗地笑了。

「我還在擔心要是真的得講起歷史該怎麼辦呢。幸好我保險起見背起來的知識沒有白費。」

一臉滿足地這麼說後，委員長再次看向我們大家。

「好啦，揭幕典禮到此結束。在閉幕典禮開始以前，大家就各自回到自己的工作崗位上努力吧。」

聽著指示的執行委員們點頭如搗蒜。

也許是被觀眾的熱情感染，大家的眼神都閃閃發亮，臉頰泛紅。

「哎，我們或許會搞砸一些小事，也可能會發揮不出練習的成果，或是讓事前準備變得白費。可是——那些失敗肯定也不是毫無意義！就算當下沒辦法，過了幾年以後，我們一定能笑著談論那些失敗！……沒錯，舉個例子來說，我爺爺至今還會向我說起，他讀高中的時候沒能向心儀的阿梅告白的故事，但他也是因為這樣才能跟靜子小姐……啊，靜子就是我奶奶啦。總之，他認識了靜子小姐——」

「——你又開始長篇大論了啦！」

「喔，喔喔，不好意思！」

被副委員長吐槽後，委員長故意搞笑了一下。

委員會的大家都笑了出來。

「總之——大家就盡情享受這一天吧！一定要喔！」

然後，委員長露出電視劇裡常出現的燦爛笑容。

「——讓我們在閉幕典禮上再見吧！」

＊

我們準備回到自己的工作崗位，也就是聯合舞台的會場。

在那之前，我們先到教室去拿隨身物品與文件，卻發現教室已經變成「老牌咖啡廳」了。

「——這還真是厲害……」

我忍不住在走廊停下腳步，茫然望著眼前的光景。

面對走廊的牆壁鋪著深色的木材，外面還掛著寫有「二年四班純喫茶」的看板。入口旁邊擺著放有食品樣本的玻璃櫃。

旁邊的接待櫃台也是很有古董味的桌椅組。

在準備工作即將收尾的昨天，我因為忙著執行委員的工作，沒能參與班上的準備工作，所以是頭一次見到這幅光景。我知道大家都很用心，一直很期待他們的成果……卻沒想到成果會這麼有模有樣。

而站在教室前面指揮大家的人——

「再過三分鐘就要揭幕了。大家準備好了嗎～～？」

正是至今一直推動著這個企畫，負責帶領大家的古暮同學。

她面帶笑容，熟練地對眾人下達指示，看起來已經完全是個領導者了。

「嗯，場地和咖啡都準備好了！」

「上午的接待人員也全員到齊了！」

班上同學答覆的聲音，也能讓人清楚感受到大家對她的信任。

——而且……

那些正在做最後確認的班上同學——

她們全都——

「……喔喔，是女僕……」

「而且還是正統派的……」

學生們一邊討論一邊從旁邊經過。

沒錯——她們都穿著女僕裝。

而且不是最近很流行的「女僕咖啡廳」那種女僕裝，而是古典的正統派女僕裝。黑色長裙搭配了黑色絲襪。雖然白色圍裙上鑲著荷葉邊，但絕不會給人賣弄可愛或裝飾過多的感覺。那身高貴優雅的裝扮彷彿是從十九世紀的英國穿越過來，在氣氛浮躁的文化祭會場中大放異彩。

那些女僕裝……都是手藝社社員親手做的嗎？雖然我以前就聽春珂說過，她們的裁縫技術很厲害，卻沒想過會厲害到這種地步……

那些穿著女僕裝的女生，應該也很中意那身衣服吧。

走進教室後，我聽到忙著準備場地的傢伙們正在交談。

「喂……這身衣服是不是超棒的……」

「御殿山高中的男生今天也會過來吧？」

「這難道不是大好機會嗎……？」

她們正說著女僕不該說的話。

正如她們所說——這場文化祭是跟御殿山高中同時舉辦，雙方學生都能完全自由地來來去去。據說每年都因此誕生好幾組情侶，確實是個值得努力看看的機會。

我鑽過她們之間走到後場，拿到個人的隨身物品後便聽到身後傳來熟悉的聲音。

「喔～～矢野～～！辛苦你了～～！」

「……喔喔，須藤，女僕裝很適合妳喔。」

「嘿嘿嘿～～你也這麼認為對吧？」

回頭一看，須藤正輕輕拉起裙角，露出孩子氣的笑容看著我。

「我今天就要靠這身衣服，獨占全校的話題～～」

「嗯，期待妳成功。」

「對了，你已經要去聯合舞台的會場了嗎？」

「是啊，雖然離正式表演還有一段時間，但彩排馬上就要開始了。」

各位表演者與音響業者已經在會場集合了。

再過不久就會開始試音，因為我今天要擔任舞台監督，所以必須早點回去……

「這樣啊～～那我們就待會見吧。我順便問一下，今年的會場在哪裡啊？」

「就在副體育館。」

「了解。我絕對會在活動開場時過去的！」

「嗯，謝啦。我們找來了很厲害的陣容，敬請期待。」

說完，我向她揮手道別，離開教室。

目的地是位於校園深處的建築物——副體育館。

——根據傳統，聯合舞台的會場每年都會選在不同的地方。前年是在宮前高中的視聽教室，去年是在御殿山高中的中庭特設舞台。而今年——則是在歷年最大的會場，也就是宮前高中的副體育館。

然而……活動網站跟場刊上明明就寫著會場地點了，難道須藤都沒看過嗎……？算了，她可能是因為太過忙碌，才沒時間確認吧。

正當我想著這種事，在走廊上漫步時——操場那邊突然傳來一陣歡呼聲。

我看向智慧型手機，發現時間是上午九點。

這是每間教室的攤位與各種企畫活動開始運作的時間。

從擴音器傳來廣播社員的現場直播節目。據說今天的廣播會在宮前高中與御殿山高中同時播放。此外，走廊旁邊的教室裡也開始發出聲勢驚人的攬客聲，讓我強烈地感受到了。

——有如狂風暴雨般的一天終於要開始了。

＊

逆彩排——也就是依照跟實際表演時相反的順序進行彩排。

Ｐｈａｓｅｒｓ、ａｌａｌａ、春珂的人偶戲、Ｏｍｏｃｈｉ……

這是正式表演時的出場順序，所以彩排時的順序是Ｏｍｏｃｈｉ、人偶戲、ａｌａｌａ、Ｐｈａｓｅｒｓ。

在Ｏｍｏｃｈｉ老師進行彩排時，我頭一次聽到秋玻演唱的樂曲。

華麗的伴奏搭配著秋玻具有透明感的歌聲——

那首曲子遠比Ｏｍｏｃｈｉ老師先前即興創作的曲子還要用心，秋玻唱出的輕快旋律與合成器的聲音，很快就抓住了我的心。

霧香的RAP被重點式安插在歌曲中，也起到很好的效果。她的歌聲與秋玻正好相反，既明亮又活潑，讓我很期待正式表演時觀眾聽到的反應。

在那之後，ａｌａｌａ、春珂的人偶戲與Ｐｈａｓｅｒｓ的彩排也沒有發生什麼大問題就結束了。

相較於展現出從容不迫的態度與壓倒性熟練感的ａｌａｌａ與Ｐｈａｓｅｒｓ，春珂、柊同學、與野同學與氏家同學始終都是一副手忙腳亂的樣子，感覺像是在看小動物一樣，讓人感到癒療。

而現在——

「——辛苦妳了。還好沒什麼大問題。」

我跟秋玻離開副體育館，為了吃午餐而在校園裡漫步。

「再來就是希望正式表演時也一樣別出意外了……」

「……是啊。」

「……啊，秋玻，妳有什麼想吃的東西嗎？學校裡有各式各樣的攤販，想吃什麼應該都有……」

「……抱歉，我想不到要吃什麼。可以吃你喜歡的東西就好嗎？」

「……我、我明白了。」

——自從昨天那件事之後……

在霧香問了「你真的——只喜歡秋玻學姊嗎？」這個問題後，我跟秋玻之間的氣氛就莫名尷尬。

即使我積極地搭話，秋玻也總是一副心不在焉的樣子。

她看起來像是有什麼心事，但就算我告訴她：「如果有煩惱可以跟我說……」她也只會回答：「不用了，謝謝你。」

……霧香真是太多嘴了。

如果她沒有那樣插手我們的事情，事情就不會變成這樣了……

——可以的話，我想趁現在更接近秋玻的心。我想要好好地理解她的想法，做自己力所能及的事情。

然而——今天是文化祭當天，而我是文化祭執行委員。

不管是時間還是心力，都不夠充足。

「……那我們就去細野的攤位看看吧～」

結果，我只能暫時放著問題不管。

「——嗨，細野。」

「……喔、喔喔，是矢野和水瀨同學……」

我們來到會場的一角。

這裡是由二年七班占用，擺滿小吃攤的「二七攤位村」的入口附近。

向正在炒麵的細野搭話後，他難為情地將視線從我們身上移開。

「你……你們怎麼會突然過來……找我有事嗎？」

「沒事，我們只是來買炒麵的。」

細野手上還拿著鍋鏟，忸忸怩怩的模樣不知為何讓我笑了出來。

不過，其實我能體解他為何會感到難為情。

「二七攤位村」的主題似乎是「夏日祭典」，攤位的外觀與陳列方式跟夏日祭典時一樣——擔任店員的學生們也全都穿著法披。不但如此，他們頭上甚至還綁著一字巾，可說是相當用心。在這種充滿俠氣的地方，顯然散發出讀書人氣質的細野，看起來似乎相當不自在。

只是——

「好了，這是你要的兩份炒麵……」

說完，他把炒麵遞了過來，即使炒麵都裝在包裝裡，也依然散發出令人口水直流的香味。這傢伙炒麵時的手法也相當熟練，讓我再次佩服起他的一雙巧手。

當我們付完錢，準備離開攤位時——

「喂，矢野！」

「嗯？」

「我很期待這次的聯合舞台喔！」

「……嗯，謝啦！」

「順便請教一下，地點是在哪裡啊？」

「……在副體育館！……記得看看場刊喔～」

真是的，不管是須藤也好，細野也好，沒想到大家都不愛看場刊……

害我都有點同情那個辛苦製作場刊的傢伙了……

話雖如此，但我去年也是那種不會去看場刊的人，實在沒辦法抱怨什麼，只能露出苦笑。

「……嗯，抱歉。我會盡量準時趕到的。」

細野不知為何一副欲言又止的樣子，最後如此回答。

向他揮手道別後，我們邁開腳步，找尋可以歇腳的地方。

「——真的很好吃……」

「嗯，我嚇到了……」

在校園的角落，坐在只有今天擺設的長椅上，吃完細野製作的炒麵後——我們發自內心對這意外的美味感到佩服。

醬汁香氣十足，天婦羅花口感酥脆，撒在上面的魚粉也充滿滋味。

青海苔可以隨個人喜好添加這點也很棒。

攤位村聚集了不少客人，考慮到這炒麵的完成度，就覺得那也是理所當然的結果。

「……好，我們差不多該回去了。」

「嗯，是啊，時間差不多了……」

當我回過神時，已經快要下午兩點。再過一個多小時，聯合舞台就要揭幕了。

最後還有霧香的致詞，我們差不多該回到工作崗位了。

我們並肩走向副體育館。

不光是宮前高中和御殿山高中的學生，校園裡已經開始擠滿學生家人與其他地方上的居民。

為了避免走散，我反射性地握住秋玻的手——害她瞬間抖了一下。

我驚訝地轉過頭去，秋玻一臉尷尬地從我身上移開視線。

「……對、對不起，那、那個……你突然在人多的地方這麼做，所以……我有點嚇到了……」

「這、這樣啊……該道歉的人是我才對……」

在道歉的同時，我不知為何開始莫名在意自己的手汗。

煩惱著該不該繼續牽著她的手。

可是，我總覺得現在放手也很奇怪……為了轉移注意力，我把精神集中在沒有停過的校內廣播上。

『——以上，就是由二年級學生松尾帶來的推薦企畫介紹單元～』

正在說話的人，似乎是最近負責午休廣播，逐漸嶄露頭角的二年級女生——松尾同學。

她配合文化祭的熱鬧氣氛，用比平常開朗的聲音說下去。

『——那麼，接著是我們的下一個單元！這是由身為企畫ＯＧ的現役作家——柊TOKORO老師所帶來的企畫！主講者是大家都認識，負責教現代文學的千代田老師，節目名稱是「失戀諮詢師百瀨」～～！』

『……大家好，我是千代田。請大家多多指教。』

——我笑了出來。

從擴音器裡傳出熟悉的聲音，害我忍不住笑了。

『都是TOKORO硬要推我出來，其實我個人不太情願……但我會努力。』

『謝謝老師的熱情參與！好啦，說到「失戀諮詢師百瀨」這個節目，聽名字就知道，只要是最近失戀了，或是被戀人拋棄的學生，都歡迎前來諮詢，我們的千代田老師將會親切地為大家解惑。』

『是的。一段戀情的關鍵，就在於分手的方式。不管是已經失戀的人，還是即將失戀的人，我都會等待你們前來諮詢。』

……等一下，嘴巴上明明說不情願，但妳現在不是很有幹勁嗎！

感覺連個性都跟平常不太一樣，妳根本就是完全樂在其中吧……！

而且還自稱失戀諮詢師……如果是戀愛諮詢師就算了，為何要把重點擺在失戀……

不過，畢竟這節目暫時緩和了我跟秋玻之間的尷尬，對我來說是好事就是了……

可是，聽到這種開場白，真的會有學生跑去諮詢嗎……？

正當我想著這個問題時——

『事情就是這樣，如果有人正為了失戀而煩惱，不管是宮前還是御殿山的學生，都請務必跟我們聯絡……啊，好像馬上就有人打電話過來了呢。您好～』

『啊，妳好……』

『您是需要諮詢的人對吧？可以的話，方便告訴我您的暱稱嗎？』

『……暱稱？那就……叫我ＳＨＵ－ＺＥＥ吧……』

……修司！這不是修司的聲音嗎！

那傢伙到底在幹嘛啊……我知道他依然對被須藤甩掉這件事耿耿於懷……卻沒想到他會走投無路到需要求助於這種諮詢……還有，我覺得他應該想個好一點的暱稱……

『那就讓我聽聽您的煩惱吧。』

『呃，就是……我有個從小學就一直喜歡的女生——』

修司開始緩緩說出他跟須藤之間的過去。

換作是平常，他絕對不會找人商量這種有點難堪的事情。

可是，在來來往往的人潮中，在攤位食物的氣味與喧囂聲的包圍下，聽著諮詢的內容——讓我莫名有種真實感。

沒錯——這就是文化祭。

我現在就置身於非日常的特別日子之中——

——當我想著這些事情時，我們抵達副體育館了。

雖然有些在意千代田老師對修司的答覆，但我還有工作要做。

用雙手推開沉重的大門後，我跟秋玻一起踏進屬於自己的昏暗戰場。

＊

「——那麼！距離活動正式開始，終於只剩下一個小時了～～！」

面對著所有表演者，霧香開始致詞。

Phasers、alala、春珂的夥伴們，以及Omochi老師。

他們分別以愉快、不安、輕鬆自在的態度，聆聽霧香的聲音。

關閉電燈，窗戶也被遮住的體育館昏暗無光，就只有被燈光師照亮的我們周圍，沐浴在灼熱耀眼的聚光燈下。

「去年與前年的聯合舞台活動我都看過～～……嗯，不是我在誇口，我覺得今年參加的成員是最棒的！排練過程我也看過了，今年的水準毫無疑問是最高的～～！我們的表演一定會大受歡迎！」

「喔～～……！」Phasers的團員們發出讚嘆聲。

alala的團長也露出得意的微笑。

「執行委員還在事前做了問卷調查～～而大家期待的企畫第一名，以及絕對會去看的企畫第二名，都是這場聯合舞台活動～～！順帶一提，絕對會去看的企畫第一名是揭幕典禮後的企畫舞台活動，而那是幾乎所有學生都一定會看到的活動。所以，就連『絕對會去看的企畫』排名，我們也毫無疑問是實質上的第一名～～！」

大家對聯合舞台的期待，我確實也清楚感受到了。

須藤和細野也說他們要來看，我還經常聽到路上行人聊起聯合舞台的相關話題。

『──我喜歡Ｐｈａｓｅｒｓ～～！絕對會去看！』

『──其實我朋友正在跟ａｌａｌａ的團員交往～～讓我有些在意那個團體……』

『──咦？Ｏｍｏｃｈｉ會上場嗎！太厲害了吧！那可是文化祭耶！』

霧香的說詞並沒有誇大。

至少在這次文化祭中，這場舞台活動確實是最受矚目的企畫之一。

「所以～～我預期會有相當多的觀眾。今年文化祭整體的入場者似乎也相當多，說不定連這間體育館都得限制入場呢～～」

除了Ｏｍｏｃｈｉ老師以外，所有表演者都發出驚呼聲。

至於柊同學她們，則是一副快要昏倒的表情。

只不過──這些話也不算誇大。執行委員本部提出這樣的預測，還加派了人員過來支援。

如果到時候需要限制入場，只憑我、秋玻與春珂、霧香三個人，以及其他幾位助理，確實應該應付不來吧。

「總而言之——今天就讓我們一起完成最棒的表演吧！」

霧香露出意志堅決的眼神這麼說。

「大家加油！」

——大家加油！表演者們也如此答覆後，致詞就結束了。

再來就是等個三十分鐘左右之後，打開體育館大門讓人進場。之後再過三十分鐘左右——正式表演就終於要開始了。

「——好～～我們上吧～～！」

「——嗚喔～～我燃燒起來了～～！」

表演者們開始回到自己的準備區。

為了再次確認節目行程，我也前往後台。

可是——就在這時……

「庄……庄司同學……！」

在舞台活動當天過來幫忙的執行委員男生跑向霧香。

他的聲音莫名緊張，讓我感到不太對勁。

「啊，辛苦你了～～！怎麼了？你那邊也需要人手嗎～～？」

也許是沒注意到這點，霧香若無其事地詢問這名男子。

霧香剛才拜託他去確認外面的排隊情況。

往年在聯合舞台活動開場之前，都會有人排隊等著進場，人多的時候甚至曾經超過一百個人。

考慮到今年活動受矚目的程度，就算排隊人數翻倍也不奇怪。如果真是這樣，就要派人過去整理隊伍，而我們也在等待這樣的報告，可是——

他先整理好自己的呼吸。

「……沒人……」

然後用顫抖的聲音如此報告。

「外面沒有人……在排隊……」

＊

「——網站跟場刊上都沒有記載？」

我、秋玻與霧香緊急召開會議，立刻就查明原因了。

「嗯……入場者基本上都是靠這兩樣東西確認活動地點不是嗎？可是，這兩樣東西……都沒有記載聯合舞台的舉辦地點……」

臉色蒼白的秋玻亮出智慧型手機與場刊。

我跟霧香面對著面，一起探頭查看。

不管是網站還是場刊，在介紹活動的頁面上都記載著各項活動的舉辦地點——但不知為何就只有聯合舞台活動沒有記載舉辦地點。

「這、這是怎麼回事……！」

我不由得懷疑自己的眼睛。

「是印刷失誤嗎……？不對，如果真是這樣，那為什麼連網站上都沒寫……？事情為什麼會變成這樣……」

「……可是，這就是外面沒人排隊的原因……這點絕對錯不了……」

用智慧型手機做確認的霧香用緊張的聲音如此說道。

「大家在推特上似乎也都感到一頭霧水……一下子問舉辦的地點，一下子又懷疑我們是不是故意隱瞞……」

她把手機螢幕亮給我們看，上面顯示著加上這次文化祭專用標註的貼文。

在各式各樣的推文中，可以發現不少因為不知道會場地點而不知所措的聲音。

「……看來是沒辦法了。」

說完，霧香從坐著的地板上站了起來。

「只能從現在開始盡量招攬觀眾了。雖然觀眾……會比原本想的要少，但也只能盡力而為了……」

——她的表情明顯顯露出真正的焦急。

我還是頭一次見到霧香露出這種表情——

我再次體認到我們已經走投無路，不由得流下冷汗。

「……怎麼了嗎？」

當我回過神時——才發現Phasers的團員們正不安地看著這裡。

「感覺好像出事了，情況還好吧？」

……他們會察覺異狀也很正常。

因為舞台活動的負責人正圍成一圈，臉色難看地開會討論。

在這種情況下，要他們覺得沒問題也很困難。

「啊～～……哎，這個嘛～～……」

霧香臉上掛著跟平時一樣的笑容。

這種變臉的速度實在很厲害……但笑容中到處都是破綻，流露出難以隱藏的焦慮。

「……其、其實沒發生什麼大問題啦～就只是在會場的宣傳工作上似乎出了點差錯～」

——沒錯，就只能這麼說了。

發生問題這件事已經瞞不住了。不管我們接下來如何努力，舞台活動開始時的觀眾，應該都不會像剛才所說的那麼多，這樣並不誠實。

可是——我們也不能向即將登台表演的他們潑冷水。

雖然我不是很清楚，但表演者的心情肯定會大幅影響表演的水準。正因為如此，在即將開場之前，他們才會為了培養心情，讓自己人都聚在一起，度過放鬆的時間。

我們不能在這種時候告訴他們，說最糟糕的情況發生了。

然而——

「……咦？那不是很糟糕嗎？」

身為團長的貝斯手當然發現到這件事了。

「妳說宣傳工作出了問題，是哪裡出問題？……該不會是場刊或網站的其中一邊出問題了吧……？」

聽到這個問題，霧香勉強維持著笑容。

「……是兩邊都出問題……」

「……真的假的！」

——叫聲在昏暗的體育館裡迴盪。

「咦，那樣很糟糕吧！要是兩邊都沒記載活動資訊……那客人要怎麼知道這個活動的會場在哪裡！」

「……發、發生什麼事了？」

「沒事幹嘛大吼大叫……」

Phasers剩下的成員、alala的團員與其他表演者，也都好奇地聚集過來。

事情到了這個地步……應該也只能說出一切了吧。

而——這項工作不能交給還是一年級學生的霧香去做。

「……霧香，我來說明吧。」

說完，我準備走到眾人面前。

「只能誠心誠意地道歉了。我來告訴他們。」

可是，霧香使勁擋住了我。

「不，讓我來說……場刊與網站上的宣傳文案是我去申請的，我有這個責任……」

……負責處理這件事的人確實是霧香。即使如此，做事細心的她也不可能在這種事情上犯錯，因此現在很難確認事情發生的原因。把這當成是一種連帶責任會比較好。
正當我打算再次開口時——
「——更何況……」
霧香繼續說下去。
「就算……我現在道了歉，假設大家也願意原諒……問題也不會解決。」
——聽到這句話，我才發現事情就像她說的那樣。
我們現在需要做的事情——既不是取得大家的原諒，也不是得到他們的諒解。
而是完成一場出色的表演。
道歉或許能得到他們的原諒。
只要忍耐一下，他們或許也願意在幾乎沒有觀眾的舞台上表演。
可是——那其實是對誰都沒有好處的最糟糕情況。
不但表演者感到痛苦，客人也只能看到有氣無力的表演，而我們也不想舉辦那樣的舞台活動。
如果是這樣，那面對這些表演者——
我們現在該做的事情就只有一個——就是別讓他們失去幹勁。
我們只能努力維持他們的士氣，同時設法招攬客人，盡量讓這場活動接近原定計畫中的水準。

而在場能夠辦到這件事的人——

「——真的很對不起！」

就只有說出這句話，同時深深地低下頭的霧香。

至少——不會是我、秋玻或春珂。

「其實因為出了一點差錯，我們完全沒有告訴大家這次會場的地點……」

「咦、咦咦咦！」

「這、這樣沒問題嗎……？」

「就是觀眾不會來這裡的意思嗎……？」

「對不起，目前好像真的都沒有客人過來這裡……可是！我會立刻想辦法解決問題的！」

努力露出自信的笑容後，霧香如此宣言。

「我會招集現在在場的所有人，以及有空的文化祭執行委員，立刻前去招攬客人！也會在網路上用推特之類的網站發送情報！這樣應該就能叫來不少客人！」

「……就算是這樣，客人也會比原本預期的還要少很多吧？」

「而且這就代表剛開場的時候幾乎沒觀眾不是嗎……？」

「離開場只剩下十五分鐘左右了吧……？」

「這個問題……我會努力解決的！只要讓有能力的人盡全力去做……應該就能在開場前找來一百個人左右……」

「……一百個人啊……」

Phasers的貝斯手一邊嘆氣一邊呢喃。

他不是生氣，也不是感到憤慨。

可是——因為跟原本的預期有段落差，讓他顯然有些失望——

而他的失望——轉瞬間就傳染給其他表演者了。

「如果是這樣……我們出場的時候，觀眾應該也不多～～」

「不會吧～～……我家人今天會過來看耶……」

「這樣不太妙吧？製作公司的人也會來看吧？可能會給他們留下不好的印象……」

不安的情緒瞬間就傳染給在場的所有人了。

不但如此，那種情緒還在彼此之間不斷循環，沒多久就越來越強——

——也許是因為比任何人都快注意到這件事吧。

霧香——看著我的臉。

臉上掛著快要哭出來，領悟到自己徹底失敗的表情……

——其實我不是沒有辦法。

在霧香向大家說明的時候，我拚命思考，想到了現在能做的解決之道。

老實說——我覺得很有機會成功。

那毫無疑問是相當強硬的手段。說不定無法達到原本預期的觀眾數量。

即使如此，那種強硬的手段應該會成為這個策略的武器，引來相當大的關注。

只是，問題在於——現在的氣氛。

表演者們之間瀰漫著焦慮、灰心與失望的情緒……

就算我們成功找來不少觀眾，如果他們提不起幹勁，那也毫無意義。這樣——算不上是一場成功的表演。

「……抱歉，好像沒辦法了。」

霧香垂下眼眸，自嘲地說道。

她臉色蒼白，一雙大眼睛變得黯淡無光——我能清楚感受到她內心的絕望。

「對不起，都是我的錯……」

——可是，我注意到了。

其實——即使是這種氣氛……

即使是現在這種澈底絕望的氣氛，都還留有最後一個完全逆轉的方法——

「……可能是我錯了。」

說完——霧香仰望著我。

眼睛裡流下一道淚水。

「就算用技術掩飾內心，只改變表面上的言行……或許無法解決任何問題……」

——那表情讓我突然想起某件事。

事情發生在國中時代——也就是請霧香教我演技的那段時期。

在補習班下課的時候，我有點想轉換心情，便走到戶外逃生梯休息。

那是寒冬裡一個下雪的日子，因為太寒冷，那裡一個人都沒有。

「……霧香？」

可是，在通往樓上的樓梯角落，我發現穿著大衣的她正坐著發呆。

她眺望著天空的眼睛黯淡無光，彷彿平時的開朗都是騙人的。

「……怎麼了？身體不舒服嗎？」

我這麼問道。

「……咦？啊，噢，矢野學長。」

她總算注意到我，臉上露出笑容。

然後，霧香依然維持著不同於平時的眼神。

「……嗯～～總覺得有點提不起勁～～」

「……原來妳也會有這種時候啊。」

「雖然很遺憾就是了。」

說完，霧香又笑了。然後，她抬頭看向遠方的天空——小聲說出這句話。

「我好想……好想做得更好。」

——當時的我知道她還有這一面。

霧香也不是原本就是個發自內心充滿自信的傢伙。

她是經過努力，不斷嘗試與失敗，才變得如此強大。

而現在——她用自己的雙腳走到這裡，迎接一個重大的考驗。

——如果是這樣……

那我應該——

我瞥了秋玻一眼。

輕輕握住她的手後，秋玻驚訝地看了過來。
然後——我想她肯定發現了。
發現我眼神中的意志。
以及我接下來要做的事情——
秋玻微微一笑，輕輕點了點頭，使勁回握我的手。
——嗯。
沒問題的。
既然秋玻都這麼回應我了，那我就有辦法「放下堅持」。
我放開秋玻的手，大大地吸了口氣。
然後——

「……啊啊啊啊啊啊啊！既然這樣，就沒辦法了！」

——我大聲喊了出來，讓在場所有人都嚇了一跳。
他們不是一臉茫然，就是因為聲音太大而皺眉，或是露出困惑的表情——
這也是理所當然的反應。因為一個先前一直有氣無力的執行委員男子，突然大聲喊

文化

叫了。

可是，我再次深深吸了口氣。

「我決定豁出去了！用盡一切手段！然後——絕對要讓這場活動成功！」

「……等一下，你說絕對要成功，可是要怎麼做……」

Phasers的貝斯手似乎總算回過神來，畏畏縮縮地問道。

而alala的團長也是一樣。

「離開場只剩下不到十五分鐘吧？我們現在能用的手段，已經沒多少了吧？」

他們說得一點都沒錯。

時間壓倒性地不足，能用的手段也少之又少。

可是，就是因為這樣——我才要照著霧香傳授的技巧操控表情肌。

『——用誇張的言行引人注意後，就要先擺出一副從容不迫的樣子。』

『——這樣別人就會開始以為你可能有某種能力。』

「……我要讓大家以為，我們是『故意』把時間搞得這麼緊迫。」

「……故意？」

「沒錯。我要假裝這一切都在我們的計算之中，然後徹底利用這一點。這樣……應該就能召集到跟當初預計人數一樣的觀眾了。」

我露出自信的笑容說出這句話後，大家果然都開始感興趣了。表演者們開始聚集到我身旁，問我「你這是什麼意思……？」或「到底該怎麼做？」之類的問題。

我斜眼一看——發現霧香正睜大雙眼注視著我。

沒錯——現在的我就是當時的我。

就是那個按照霧香的教誨，扮演出來的「開朗活潑的矢野」。

秋玻也對我露出溫柔的笑容。

所以，我也再次對她露出笑容——

「——我需要大家的幫忙。」

然後開始向大家說明計畫。

「……這計畫確實可行。」

聽完我的計畫後，首先說話的人是——ａｌａｌａ的團長。

「如果這樣宣傳，時間緊迫就會變得像是一種特典……」

「嗯，我覺得不錯……」

「我也贊成……」

繼團長之後，團員們也表示贊同。

笑容開始逐漸回到她們臉上——ａｌａｌａ顯然慢慢地對我的計畫懷有希望。

她們的反應讓我鬆了口氣。

雖然我已經有將近半年不曾像這樣偽裝自己，靠著演技扮演角色……但看來我的實力並沒有退步。

「……呃，可是這樣不會有問題嗎？」

Ｐｈａｓｅｒｓ的成員們臉上依然存在著不安。

「這麼做很危險吧？要是被校方警告，搞不好整個活動都會被迫中止……」

「就跟你說的一樣，確實是有這種危險～～」

我老實地承認對方的顧慮。

我的計畫相當硬來。如果事先提出申請，毫無疑問會被拒絕。就算是臨時起意的行動，校方也絕對不會給我們好臉色看。

「……可是……」

我用充滿自信的聲音繼續說：

「只要觀眾與學生們都站在我們這邊，校方應該也很難硬逼我們中止活動。畢竟我們只有在『剛開始的時候』造成他們的困擾。雖然校方事後可能會發火……」

說出這樣的開場白後，我向他們露出微笑。

「到時候啊……我大不了剃個光頭賠罪就是了。」

「……好像不錯耶。」

一直閉口不語的鼓手開心地說話了。

「就是要這樣亂來，才能算是樂團吧。」

「……沒錯，要是太過守規矩，感覺也沒什麼意思～」

「我也覺得很有趣。我們就試試看吧……？」

然後主唱與吉他手也接著這麼說……讓貝斯手深深地嘆了口氣。

「……說得也對，我明白了。」

說完——他把手放在我的肩膀上。

「執行委員，就靠你了喔——幫我們把觀眾帶來吧！」

*

「——好，那霧香就負責聯絡執行委員長！請他盡量招集多一點人手！」

「好的～～！我明白了！」

「秋玻負責用執行委員會的官方帳號做宣傳！記得附上表演開場時的影片，再加上專用標註發文的話，應該會更有效！」

「嗯，我知道了！」

「那……我要出發了。」

我在體育館的入口換上皮鞋，回頭一看——秋玻和霧香都來送我離開了。

「……矢野同學，加油喔。」

「……希望你能成功。」

「嗯，交給我吧！」

我伸出拳頭如此說道——往校園的方向邁出腳步。

目的地是——可以清楚聽見廣播社的現場直播，而且周圍沒什麼人的地方。

來到校園的中央地區後，就離吵鬧的人潮有一段距離了。

即使如此，但擴音器就在附近。

『——諮詢到此結束。「女僕長閣下」小姐，感謝您前來諮詢～～！那麼，千代田老師，請問您對這次的諮詢有何感想？』

『三角關係走到最後，誰也沒有跟誰在一起，雖然這種結局令人悲傷，但也很淒美呢。而且所有當事者還都是同班同學。嗯，我非常喜歡這個故事。』

『原來如此，謝謝您的感想。』

讓我能夠清楚聽見廣播社員的聲音。

如我所料，「失戀諮詢師百瀨」這個節目似乎還沒結束。

諮詢者好像也正好都沒了，時機可說是剛剛好。

我要在這裡——動手執行這個計畫的第一階段。

深深吸了口氣後——腦海中浮現出與秋玻和春珂相遇後的日子。

雙重人格的兩位少女。我的戀人，以及重要的朋友。

跟她們在一起，讓我成功找回了自我。

我變回自己應有的模樣了。

可是——對不起。

我現在要暫時背叛一下自己了——

努力壓抑激動的心跳，做了好幾次深呼吸後——我拿出智慧型手機，連上文化祭的官網。我點開廣播社的介紹欄位……打了寫在上面的失戀諮詢者專用熱線。

智慧型手機發出撥號聲。

而擴音器另一邊的松尾同學也同時有了反應。

『喔？下一位諮詢者馬上就來了！讓我們接起電話看看吧——』

——聽到嘟的一聲後，智慧型手機也發出她的聲音了。

『您好～～我是廣播社的松尾～～請問您是要找「失戀諮詢師百瀨」諮詢的聽眾嗎～～？』

面對這個問題，我提醒自己說話的口氣要明確——然後如此回答。

「不——我是來劫持廣播的。」

『……咦？』

「大家好，我是二年四班的文化祭執行委員，名叫矢野四季。從現在這一刻開始，——我要暫時劫持這個節目！」

『……咦～～現在是怎麼回事啊！劫持廣播？到底有誰能料想到這樣的發展呢！』

松尾同學興奮地這麼說。

好險……她當然也有可能一氣之下就掛電話，但看來她似乎覺得這樣很有趣。

至於她旁邊的千代田老師——

『咦？矢、矢野同學？你怎麼突然搞出這種事……？不好意思，他是我們班上的學生……』

似乎因為這意想不到的發展而不知所措。

對著她們兩人，以及正在聽這個節目的宮前與御殿山高中的所有學生，合計可能多達幾千人的文化祭客人——我如此說道。

「——我有個驚喜要告訴大家。」

『……驚喜……？』

「沒錯，有些人可能已經發現，但再過三十分鐘左右就要開始的聯合舞台活動……其實還沒宣布會場的地點。」

『啊，噢～～！對耶！我朋友也說過不知道會場在哪裡！』

「對吧？聽說今年的活動特別受矚目呢。現在當紅的Phasers和alala都會上台表演，而且Omochi老師預計表演的每一首歌都是新歌。而我現在就要在這裡……宣布這場豪華表演的會場地點。」

——沒錯。

如果忘記事先宣傳——只要假裝是故意的就行了。

我們可以利用這個困境，反過來提升宣傳效果。

只要假裝這是個驚喜，強化給人們的震撼力——就能讓情報一口氣傳開來。

然後，當我思考該運用網路還是口耳相傳之類的宣傳方法時，想到的最棒手段就是這個現場廣播節目。

在宮前高中與御殿山高中現場直播的這個節目，應該就是目前宣傳效果最好的媒體了——

『喔喔喔～～！這可是個天大的消息耶！』

松尾同學依然做出了無可挑剔的反應。

『沒想到居然會突然宣布這個消息，事前真的沒人告訴我耶！咦？那其他社員知道嗎？……竟然沒人知道！看來這是貨真價實的驚喜呢！』

「就是這麼回事！順帶一提，這個聯合舞台活動的會場，前年是在宮前高中的視聽教室，去年是在御殿山高中的中庭特設舞台，規模變得越來越大，而今年的規模甚至一口氣提升了超過兩倍。」

『唔喔～～那可真是令人期待呢～～』

在講電話的同時，我看向校舍周圍的路人。

似乎有不少人發現廣播節目不太對勁，好幾個人停下腳步，疑惑地抬起頭。

——做到這個地步，我毫無疑問已經引起大家的注意了。

可是——還需要再推一把。

還需要再來一場盛大的表演。

而我當然——已經準備好了。

表演者不是我這種平凡的學生，而是擁有壓倒性才華，憑實力發光發熱的傢伙——

『那麼……矢野同學，你差不多該告訴我們會場在哪裡了吧？』

「沒問題，那我現在就宣布——」

心臟使勁跳動，把血液送往全身上下。

不知道是因為緊張還是興奮，我的雙手不斷顫抖。

「今年的活動會場就在——」

我深深地吸了口氣——把智慧型手機從耳朵旁邊拿開。

——在心中暗自祈禱，朝向副體育館高舉手機。

——瞬間……

副體育館──發出一陣巨響。

『──在副體育館啊~~~~~~~~~~~~~~~~~~！』

從擴音器傳出表演者們──響徹雲霄的聲音。

──鼓手的銅鈸聲轟然炸裂。

──吉他手快速彈奏出複雜的和弦。

──貝斯手的低音旋律有如波浪般在底下翻騰。

──合成器演奏出華麗的舞曲。

這些聲音渾然一體──從所有門都打開的副體育館傳了出來。

那陣巨響奪去了大家的聽力──幾乎所有來賓的目光都移向副體育館。

不光是屋外的學生，屋內的學生也從校舍的每個窗戶探出頭來──一臉驚訝地看向發出巨響的地方。

然後，在無數目光的注視之下──

『──耶~~~~~~！大家好，我們是Phasers~~！』

手拿麥克風的主唱從副體育館衝了出來。

『聯合舞台活動的會場就是這座副體育館！而率先表演的團體，就是我們Phasers！』

也許是Phasers的粉絲，聽到他的吼聲後，走在路上的女學生們大聲歡呼。

然後——

『——大家好～～Omochi也會上台喔～～我要發表新歌～～！還找來了可愛的歌手喔～～』

『——alala也正蓄勢待發！為了今天的表演，我們排練了無數次！大家！絕對要來看喔！』

Omochi老師與alala的團員也出現了，她們輪流接過麥克風，進一步擴散這股狂熱。此外，就連秋玻都被霧香拖了出來。

『大、大家好……我是水瀨，我會加油的……』

然後用顫抖的聲音這麼說。

最後，麥克風回到Phasers的主唱手上。

『事情就是這樣！正式表演將在三十分鐘後開始！請大家一定要來看！你們準備好了吧？一……二……三！』

『——一定要來喔～～！』

——所有人一起大喊。

表演者們衝回副體育館，館內的執行委員們也再次把門一起關上。

瞬間——周圍回歸寂靜。

可是，交頭接耳的聲音很快就自然湧現出來。

而那些聲音就像波浪，掀起強力的波濤，轉瞬間就席捲周圍——

『……嗚哇、嗚哇～～……喂，剛才那個也太猛了吧！』

稍微間隔一段時間後——松尾同學傻眼地說道。

『居然讓表演者親自攬客！果然是個驚喜呢！我嚇到了！』

「沒騙妳吧？我問過大家後，他們二話不說就答應了。於是，我就狠下心來挑戰看看了！」

——老實說，這個主意真的很有風險。

從把所有門都打開的體育館，讓所有人同時發出巨響。

雖然音量沒有夏季音樂會那麼大，但附近居民毫無疑問會聽到那些聲音。也許會有人前來抱怨。

可是——仔細想想，吹奏樂社也是在戶外演奏，而且去年的活動也是在戶外舉辦，這麼做應該勉強還在校方的容許範圍之內……

「——事情就是這樣，我再次邀請大家前往副體育館！這次的表演者是Phasers、alala、水瀨春珂與她的夥伴，還有Omochi！這種表演可不多見喔！」

澈底煽動眾人的參加意願後——我當然也不忘提醒大家。

「只是，大家也不需要慌張！會場才剛開放！就算從御殿山高中慢慢走過來，也完全可以趕上開場！而且我們準備了最棒的音響器材，不管您身在會場的哪裡，都能享受美好的音樂！請大家千萬不要推擠，依照文化祭執行委員的指示慢慢前往會場！」

——說完，我看向會場周圍。

我看到那裡已經開始擠滿來賓——還看到執行委員們正拚命引導大家。

負責引導的人不光是在場的成員。

散落在整個會場的閒暇執行委員，都一邊用耳麥互相聯絡，一邊幫忙把來賓安全地引導到會場。

親眼確認這點後——

「——我要說的就是這些，打擾節目真是萬分抱歉！」

我開始進行收尾的工作。

「最重要的事情，就是平安結束今天的活動。我們要在沒人受傷的情況下，完成這次的文化祭。不過，第二重要的事情──就是讓今天變成重要的回憶！而這場活動必定能把大家的今天，變成一個特別的日子！我們會衷心期待您的到來！」

『好的！感謝您帶來的驚喜～～！以上就是文化祭執行委員──矢野同學所帶來的廣播劫持～～！』

『……矢野同學，等一切都結束以後，記得到辦公室找我……』

我按下手機按鈕切斷通話。

這樣就通過一個難關了──我深深呼了口氣。

在松尾同學說完話後，我還聽到千代田老師充滿怨念的話語……不過這也是沒辦法的事。至少在一切結束以前，她都不會來找我算帳，這已經值得慶幸了。

「……那麼，不曉得網路那邊怎麼樣了……」

我一邊擦汗一邊走向副體育館，同時連上推特看看情況。

如我所料──秋玻發出去的告知推文（還附上表演者們攬客的影片）似乎正以非常驚人的速度在文化祭專用標註中擴散。

當我抬起頭再次看向副體育館時，入口附近──已經出現幾乎要超出當初預期的人龍了──

＊＊＊

4月3日（一）

到底出了什麼差錯？

我到底做錯了什麼？

我不該會有這種心情才對。我根本沒想過自己會有這種想法。

我並沒有做什麼壞事。

大家都笑了，而那應該也是我期望的結果。

然而，我為什麼會有這種說謊的感覺呢？

我該對霧香說些什麼？她今天正期待著聽我報告。

我今後該用什麼表情去見她呢？

三角的距離無限趨近零

第十七章
Chapter.17

跳舞吧

Bizarre Love Triangle

『——可是，羅姆爾是這麼想的。雷姆斯才是適合這個村子的人。有時候比起賦予，要求反倒更幫助到對方。』

——春珂等人的人偶戲即將進入尾聲。

這是四處流浪的雙胞胎兄弟——羅姆爾和雷姆斯，在某個山間小村停留一個星期的故事。

向村子要求各種待遇的雷姆斯受到村民的喜愛，而為了村子盡心盡力的羅姆爾，反倒把村子搞得一團亂。

『雷姆斯發現羅姆爾一天比一天沒精神。他擔心自己的兄弟，想要幫助兄弟找回以前的笑容。可是，他不知道該怎麼做才好。』

——從開場的瞬間以後，聯合舞台活動迎來前所未有的高潮。

在Phasers開始演奏時，會場就已經客滿了。

而且他們的演奏熱情四射——讓觀眾興奮到了極點。

高昂的嘶吼配上厚重的節奏，讓會場為之撼動，氣溫也越來越高。

當我回過神時，館內已經熱到只穿一件T恤也會流汗的地步。

接著上場的ａｌａｌａ也表演了精湛的熱舞。也許是因為好評在網路上瘋傳，為了看她們而前來副體育館的觀眾開始變多——最後終於讓我們不得不限制入場。

而且演藝公司的人似乎還混進觀眾席裡，還跟我們說要在表演結束後找ａｌａｌａ談事情，看來她們可能真的會變成藝人。

——在這種情況下……

不得不在完美的流程中接棒表演的春珂等人——全都緊張到不行。

「怎怎怎……怎麼辦？之後要換我們上場嗎？」

「等、等一下……等級差太多了啦。」

在顫抖的春珂身旁，柊同學也縮起身體。

至於與野同學和氏家同學，也許是為了讓自己冷靜下來，都開始忙手忙腳地做起手工藝了。

——然而……

她們的人偶戲還是開始了。《羅姆爾與雷姆斯與藍色屋頂的家》——有著莫名的魅力，吸引了所有觀眾的目光。

由兩位手藝社社員負責製作的布景與人偶。

由柊同學負責執筆，在溫柔中帶有一絲悲傷的奇幻故事。

以及——擔任演員的春珂，那種既溫柔又有些傻愣愣的聲音。

這一切全都完美契合，發揮出特別的效果——在舞台上營造出一個奇妙的世界。

這場表演或許確實沒有Phasers和alala那種「靠努力贏得的『出色』」。可是，那種樸實感也確實有其價值。事實上，它也在這場一直充滿著狂熱的表演中，成為了一服清涼劑——

霧香就站在我身旁，她率先提議排進這項表演的先見之明，還是令我感到佩服。

然後，看著霧香側臉的我……

『所以——我會在明天一決勝負的。』

在腦海中不斷思考她昨天說過的挑釁話語。

『我的目的就只有讓你變回以前那個矢野學長。只要能做到這點，其他事情都不重要～～』

我確實如霧香所說，變回過去跟她在一起時的自己了。

為了讓這場活動成功，我扮演角色，操弄技巧，說謊騙人，把觀眾帶來這裡。

而對於這件事——老實說，我嚇了一跳，沒想到心裡居然有種成就感。

我沒想到事情會這麼順利，也沒想到自己能漂亮解決難題……

那我今後到底想怎麼做？又到底該怎麼做呢？

我至今依然沒找到答案——

『於是——羅姆爾與雷姆斯至今依然融洽地住在一起。住在那個兩人一同生活的藍色屋頂房子裡——』

她們的人偶戲結束了。

雖然比之前還要溫和，但現場確實響起了熱情的拍手聲。

從舞台布幕後面探頭看向觀眾席後，我看到有人臉上露出「真是太好了」的笑容，也有人一臉恍惚地沉浸在春珂等人創造的世界——還有些人正在擦淚。坐在最前面的須藤真的哭了，旁邊的細野也在擦拭眼角。真是群容易受感動的傢伙。

「……唔哇～～結束了～～！」

幫忙把布景和人偶搬回後台的同時，春珂大大地嘆了口氣。

「對不起，時子，我有三句台詞沒說好！」

「咦～～完全沒問題喔！這是妳表現最棒的一次……！」

「觀眾不知道看得開不開心……」

「有人看到哭了喔。我想應該沒問題吧……」

她們一臉不安地討論著。而在舞台的另一邊——音響工作人員正把Omochi老師的器材搬到舞台上。

此外，在後台的角落——Omochi老師面對著筆電，露出煩惱的表情。

她到底怎麼了？離換場只剩下十分鐘左右。

該不會到了現在才出問題吧……

「……矢野同學，辛苦你了。」

「啊，嗯……妳也辛苦了。」

回頭一看——秋玻就在身後。她們現在的對調時間是三十幾分鐘。

由於春珂這次的表演也配合這時間調整過上台順序，所以表演結束應該就立刻換成秋玻了吧。

「春珂的表演怎樣？」

「很棒。我差點就哭出來了。可是……」

「……看你一臉不安的樣子，怎麼了嗎？」

「呃，我發現Omochi老師好像遇到了點麻煩……那個，Omochi老師，妳怎麼了？」

我覺得不能繼續放著不管，便走到她身邊。

「難不成是器材出了問題？有辦法解決嗎？」

離正式上場已經幾乎沒時間了。要是現在遇到無法解決的問題，那損失就太大了。

然而——

「噢，不，我沒有遇到麻煩～～……」

Omochi老師依然盯著電腦，還是一臉煩惱的樣子。

「……只是覺得這樣贏不了。」

「……贏不了？」

「是啊。今天的表演者真的都很厲害。Phasers、alala和水瀨同學她們的人偶戲，都完全融入今天的氣氛，非常精彩～～可是……」

Omochi老師交叉雙臂嘟起嘴脣。

「……我就這樣上台真的行嗎？」

「——沒……沒問題的！」

——秋玻難得大聲地這麼說。

「Omochi老師，我這次也參加了妳錄音的過程，與妳共度了許多時間。在這樣的過程中，我強烈地體認到，原來天才就是妳這種人……原來認真想要完成某件事的人就是這樣！」

秋玻注視著Omochi老師的眼睛，拚命說出自己的想法。

她們兩人似乎在不知不覺中產生了某種信賴關係。

「當然，我也懷疑過自己的聲音到底行不行……可是，那畢竟是妳寫的曲子！絕對不會有問題的！所以，請妳對自己有信心點！」

秋玻的語氣充滿激情，還露出我不曾見過的熱心表情。

噢──我感受到她是發自內心喜歡Omochi老師的曲子。

──可是……

「……好可愛的聲音～」

Omochi老師看了回去，還小聲說出這樣的感想。

「水瀨，妳的聲音真的很棒。不光是這樣，就連氣質也很棒呢。」

「咦？氣、氣質……？」

「嗯……好，我決定了。」

獨自點了點頭後──Omochi老師露出若無其事的表情。

然後用託人去便利商店買東西般的口氣──向秋玻這麼說。

「水瀨——妳上台唱歌吧。」

「……咦？」

「我不打算放錄好的歌了～～畢竟是在文化祭的會場上，當然是要唱現場的吧～～？所以，請妳跟我一起上台唱歌吧～～」

「……不、不行啦不行啦！我做不到！」

秋玻把手擺到自己的臉前面，拚命揮個不停。

總是冷靜的撲克臉，顯露出發自內心的焦急。

「就連錄音都那麼費力了……我絕對做不到的！」

「難道妳忘記歌詞或唱法了嗎～～？」

「……那我是還記得沒錯。」

——即使在完成錄音後，秋玻只要有時間，都會聽聽Omochi老師的曲子，應該不會忘記歌詞與唱法才對。

「可是，我唱得很差——而且聲音不是還要加上音效嗎？這問題要怎麼解決！」

「妳放心～～我會現場加上音效，也能在某種程度上幫忙修飾音程～～而且我覺得以妳的聲音來說，稍微唱得差一點反而更好～」

「……就算妳這麼說……」

秋玻還是無法下定決心。

在舞台上，Ｏｍｏｃｈｉ老師的器材似乎已經裝設完畢了。

斜眼確認過這點後——Ｏｍｏｃｈｉ老師終於祭出最後的手段。

「……啊啊～～手指不聽使喚～～……」

她邊說邊操縱電腦——用音樂軟體做了些處理。

每當她按下按鈕，螢幕上顯示的波形就一個接一個消失了。

「妳……妳在做什麼啊！」

「我剛才不小心把妳錄好的歌刪除了～～」

「咦、咦咦咦咦咦咦咦！」

「正確來說，是正在刪除才對～～」

「那……那妳還不趕快停手！」

「我就是停不下來啊～～啊啊～～這下該怎麼辦～～再這樣下去就要變成沒有歌聲的表演了～～既然這樣，就只能唱現場了吧～～」

「……唉……」

Ｏｍｏｃｈｉ老師顯而易見的演技，讓秋玻深深嘆了口氣。

事情到了這個地步——她已經沒有退路了。

秋玻只能上台演唱了。

可是，她好像還無法下定決心，緊咬下脣看著腳邊。

然後——也許是察覺到異狀……

「怎麼了～～？」

在後台巡視的霧香靠了過來。

「是不是出狀況了？還好吧～～？」

「啊，是啊……Ｏｍｏｃｈｉ老師突然說希望秋玻在舞台上現場演唱。」

「……喔～～原來如此～～」

霧香邊說邊輪流看向秋玻和Ｏｍｏｃｈｉ老師。

然後——她似乎注意到什麼，臉上突然露出不懷好意的笑容。

「……咦～～！太教人羨慕了～～！」

霧香像是抗議般叫了出來。

「只邀請秋玻學姊太不公平了～～！我也想上台演唱！」

「啊，那妳也要上場嗎～～？仔細想想，這樣我會更高興的～～」

「真的可以嗎！那我要上場！絕對要～～！」
「了解～～那我就把妳負責的部分也這樣修改吧～～」
——事情就這樣很順利地決定了。
我看向秋玻——發現她似乎總算下定決心。
抑或是因為要上台的不是只有她，讓她感到稍微輕鬆了點。
「……我明白了。」
——她終於放棄抵抗，臉上露出笑容。
「我也會努力……唱歌。」
「好耶～～！」
Omochi老師——輕輕一跳。
她頭一次展現出發自內心感到喜悅的模樣。看來她是真心喜歡秋玻的歌聲。
「水瀨，那就麻煩妳了喔～～」
「那是我要說的話……」
「矢野，麻煩你去跟音響技術人員說一聲吧～～我要用這裡的介面連接電腦，從那裡發出聲音，你告訴他只把麥克風拿過來就好，他應該就懂了～～」
「……我知道了。」

我一邊嘆氣，一邊按照指示，用耳麥報告新增的變更事項。

雖然我有點擔心對方會生氣……但麥克風另一頭的音響技術人員只說了句：「……了解。」並且苦笑。

然後——

「——這樣就算是還妳人情了吧？」

我聽到身後的霧香小聲地對秋玻這麼說。

「就是我給妳添了那麼多麻煩的人情……」

回頭一看——我看到一臉正經的霧香跟一臉訝異的秋玻面對面。

秋玻稍微愣了一下後，對著霧香瞇細眼睛。

「……嗯，謝謝妳。」

用像是對春珂說話般的語氣，平靜地如此回答。

「如果有妳陪伴，我就有信心多了——」

＊

——華麗的聲音轟然響起。

——炫目的光芒照亮舞台。

三道人影浮現在這樣的光景之中。

秋玻與霧香站在前面——後面則是負責操縱器材的Omochi老師。

「——哇～～大家晚安～～我是Omochi～～」

Omochi老師先用麥克風向觀眾們問好。

「感謝主辦單位邀請我，參加今天這場文化祭聯合舞台活動～～就跟大家看到的一樣，我這次還請了兩位可愛的歌手～～請大家務必欣賞到最後～～」

在她說出這些話的同時，舞台下爆出歡呼聲。

看過前面三組表演後，觀眾們的情緒似乎已經快要高漲到頂點了。

即使從後台看過去，也能清楚看見他們臉上——那種彷彿沉浸在夢中的陶醉表情。

然後——我看向站在舞台上的秋玻與霧香。

相較於開心地踏著腳步鼓動觀眾的霧香，秋玻則是神態凜然地站著，靜靜注視著觀眾席。

——背脊挺得筆直。

——腰際劃出平緩的弧線。

還有——端正的臉孔露出有些慵懶的表情。

我猜她只是感到緊張罷了。

只是站在這麼多人面前，讓她感到不知所措罷了。

然而——她那種姿態有種莫名的美感，讓我不小心看到出神。

——前奏結束了。

秋玻輕輕吸了口氣，開始歌唱。

瞬間——時間暫停了。

一切感覺都離我遠去。

只有她的歌聲——傳進我的腦海。

雖然被Omochi老師加上了特效，但那依然是「秋玻的歌聲」——

伴隨著悲傷的歌詞，她不斷唱出美麗的旋律——

也許是初學者的歪打正著。也許是某種元素碰巧契合在一起。

不過，秋玻的歌聲確實緊緊抓住了我的心。

正當我彷彿置身夢境時——歌曲已經唱完一段，進入了間奏。

秋玻的歌聲戛然而止，我回過神來環視周圍……發現不光是觀眾，就連周圍的執行

祭 実行

委員與舞台上的霧香，都被秋玻的歌聲嚇傻了。

——只是……

霧香也不是毫無意義地站在舞台上。

當間奏結束，輪到她出場時——

『大家聽好，我要唱嘍～～！』

她加入原曲中沒有的呼喊，唱起輕快的饒舌歌。

如果秋玻的歌聲能夠抓住人心，那霧香的饒舌歌便具有讓人感到雀躍的效果。

觀眾開心地擺動身體，任憑她的歌聲與節奏擺布。

——就在目光被緊緊吸在她們兩人身上的過程中，表演快速地進行。

開場的快節奏曲子結束後，接著是普通節奏的舞曲，以及有些俏皮的特別曲子，最後則是Omochi老師這次表演中唯一的抒情歌曲。

Omochi老師是在跟秋玻與霧香對話時想到歌詞，寫出了這首悲傷的情歌。

歌曲在霧香緩慢的RAP中開始——舞台也被燈光染成橘色。

那顏色就像是曾幾何時見過的黃昏天空。

看著霧香在燈光照耀下的側臉，我不知為何感到心痛。

——過去的光景突然閃過腦海。

那是——我和霧香一起度過的眾多時光。

放學後在補習班教室裡的許多回憶——

『……完全不行。說真的，我有點嚇到了～』

『沒想到居然有人廢成這樣～連小學時代的我都比你厲害。』

『不過，這不成問題。』

『絕對沒問題的。所以你大可放心～』

『因為——有我陪伴著你。』

『——嗯～你的演技還是很差呢～』

『是說，你沒有發自內心那麼想對吧～？矢野學長，你心裡的真實想法應該不一樣對吧～』

『沒錯，這當然是演技～』

『可是——重點是在知道那是演技的同時，把那變成是發自內心的想法～』

『——喔喔，感覺不錯耶！你最近表演不錯呢～～』

『老實說，我沒想到你會進步這麼多～～』

『你現在的實力應該僅次於我了吧～～？』

『這樣應該就不會被身旁的人看穿演技了～～』

『——明天終於就是入學典禮了呢～～』

『咦？回禮？不用了啦～～我只是自己想要這麼做罷了。』

『不然……哎，我們今後也繼續做朋友吧～～因為我們是用同樣的武器，對抗這個世間的戰友～～』

『哎，所以……嗯。』

『矢野學長，我很期待未來的高中生活喔！』

在夕陽底下微笑的霧香。

在煞風景的日光燈下煩惱的霧香。

在補習班的畢業典禮後，用笑容送我離開的霧香。

那些如今只殘留在回憶中的美麗光景。

看著舞台上的霧香，我想起令人心痛的另一個回憶。

那是我在那段珍貴的日子裡，暗自懷有的情感。也是我無法說出口的心意——

然後，我現在面對著秋玻。

聽著她的歌聲，感受她的存在，讓我發現那段感情已經離我遠去，變得微不足道。

所以，我心意已決。

那是對我來說極其自然，無法撼動的根源性決定——

——Omochi老師的表演結束了。

觀眾席發出今天最熱烈的歡呼聲。

最後只剩下我們執行委員的致詞了。

從在旁邊待命的音響工作人員手中接過麥克風後，我衝到秋玻與霧香在等待的舞台上。

然後——

「——耶～～！各位都辛苦了～～！」

我隔著麥克風，朝向觀眾席大聲呼喊。

「這是由Omochi featuring秋玻與霧香為各位帶來的表演～～！請大家給她們熱烈的掌聲！」

聽到這些話──觀眾席發出了更加熱烈的掌聲與歡呼聲。

如雷貫耳的音量，讓我忍不住笑了出來。

「──所以！今年的聯合舞台活動到此結束！感謝大家觀賞到最後！」

「哎呀呀～～矢野學長，今天的表演真是高潮迭起呢！」

霧香露出燦爛的笑容，尋求我的同意。

「每位表演者真的都是最棒的～～！我要在此感謝Phasers的各位！alala的各位！水瀨春珂與她的夥伴們！還有Omochi老師～～！」

「感謝大家的精彩表演！」

「水瀨學姊今天居然二度登台耶～～請問妳有何感想？」

「……那個，其實我緊張得要死……雙腿現在還在發抖……」

「好可愛！可是妳真的很棒喔～～！我也有上場，還是被妳的歌聲迷住了呢。」

「謝……謝謝妳……庄司同學，妳的饒舌也讓人聽得很開心……」

「呵呵呵……能聽到妳這麼說，我真的很高興喔～～矢野學長也說說自己的感想如何？你宣布那個驚天消息的時候，實在是太厲害了！居然連廣播都敢劫持！」

「啊～～妳說那件事啊！那個～～我真的只是想給大家一個驚喜，但其實我等一下就要去教職員辦公室報到了！」

「呃～～！你該不會要挨罵了吧！」

「說不定光是挨罵還不夠……那個～～要是大家看到我下個星期頂著光頭來上學，就請在心中為我默哀吧。」

觀眾席發出笑聲。可是，致詞差不多該結束了。

因為之後在結束典禮上，肯定還有執行委員長的超長致詞在等著我們。

「——那我們就說到這裡吧。今年的聯合舞台活動就此閉幕！」

「各位觀眾，感謝你們的捧場與支持～～！」

說完——我們三人手牽著手。

朝向觀眾席深深地一鞠躬——

*

「……矢野學長，辛苦你了。」

走下舞台後，我茫然地聽著響個不停的掌聲。

同樣走下舞台的霧香——來到我面前，一本正經地說：

「那個，你今天……真的幫了我大忙。要不是你靈機一動，我真的……會給大家造成很大的麻煩。對不起，真的很感謝你……」
「……等一下，妳在說什麼傻話啊？」
霧香反常的態度，不知為何讓我笑了出來。
我很清楚這女孩雖然總是難以捉摸，但在這種事情上很有禮貌。
「說起來……我能夠練就那種演技，變得有能力用話語牽動別人，都是多虧了妳。所以，那也是妳的功勞……別說是道謝了，妳根本連道歉都不需要。」
「這樣啊……」
霧香忸忸怩怩地扭著身子。
秋玻正遠遠地看著——這樣的我們。
霧香肯定也很在意這件事。也許是因為這樣，她把身體縮得更小了。
「……那個，學長。」
然後用幾乎聽不見的音量問我：
「……這表示你會變回以前的你對吧？不管是那場驚喜宣言，還是剛才的致詞……完全就是你過去跟我在一起時的作風。換句話說……」
霧香抬起頭——筆直注視著我。
那對像貓一樣的眼睛，不安地看了過來。

「從今以後……你又會變成過去那樣。就是這麼回事對吧……？」

——霧香緊咬著唇。

濕潤的眼眸因為內心動搖而大大地顫動。

面對這樣的她——

「——抱歉。」

我明白地如此說道。

「我還是——沒辦法變回當時的我。」

——聽到這句話，霧香睜大雙眼。

她像是心靈受創一樣雙頰顫抖，眼眶裡滿是淚水。

「……為什麼？」

「因為我想起來了。」

我摸著胸口——對她這麼說：

「跟妳在一起的時候——我極度否定自己，覺得自己不能這樣，必須盡早變成另一個人，把自己逼入了絕境。」

——那正是當時驅動著我的想法。

自我批判與自我否定。

總之，就是一種強烈貶低自己的感情。

在那種心情的驅使下——我向霧香學習了演技。

拚命想要變成不一樣的人。

然後——

「而那——讓我非常痛苦。明明是非做不可的事……卻讓我悲傷得難以忍受。」

這些話我實在說不出口。

因為對霧香感到過意不去，讓我覺得自己不能說出那種話。

「可是——」

說完，我看向秋玻。

從剛才開始，她就一直不安地看著這裡。

「——我現在有願意認同我的人了。即使是這樣的我，也有人願意說喜歡我。」

雖然這麼說對本人不好意思——但秋玻就是我的心靈支柱。

光是有了重要的女友，就讓我明確感受到胸中有股熱流。

不，不光是秋玻，春珂也是一樣。

她不但願意為我流淚，還不斷傳達出我無法接受的愛意。

「所以我——想繼續當個她喜歡的人。」

我明白地這麼告訴眼前的霧香。

「不會變回——跟妳在一起時的我。」

——霧香默默地注視著我。

那表情一點都不像是她，既軟弱又無助。

可是——

「……唉～～無聊死了～～」

——霧香突然說出這句話。

表情——也在同時為之一變。

不懷好意的眼神、從容不迫的笑容，以及讓人看不透真心的表情——

在我眼前的人，已經不是因為剛才的失敗而灰心喪志的少女……而是那位跟往常一樣，擅長用話語和態度欺騙旁人的庄司霧香。

正當我因為這突如其來的變化，訝異得說不出話時……她用一如往常的輕鬆口氣開口了。

「我覺得自己已經很努力了呢～～不但展現出實力差距，還把你逼入絕境～～而且……今天還準備了那種祕計～～」

「……祕計？」

這句話讓我有些在意。

「什麼祕計？」

「……噢，原來你還沒發現啊～～？」

霧香露出挑釁的表情，揚起了嘴角。

「……欸，矢野學長？」

「什、什麼事……？」

「你真的以為——我會犯下在場刊和網站上漏寫舉辦地點這種失誤嗎？」

「……咦？」

「那種超級不可能出現的失誤……你真的認為我會犯嗎？」

……這些話的意義慢慢浸透到腦海中。

霧香的聲音進到腦海的速度，就跟毛巾吸水的速度一樣。

然後，就在我終於理解她的意圖的瞬間——

「……不會吧？」

——一股寒意竄上背脊。

……難不成她是故意的？

難道霧香是為了把我逼入絕境，才會故意漏寫舉辦地點嗎……？

而且還冒著一個搞不好就真的得在沒有觀眾的會場舉辦活動的風險……

——我無法理解。

無法理解霧香不惜冒著這種風險，也要改變我的生存之道的執著心。

貫穿身體的寒意讓我說不出話。

「……不過，這次是我輸了～～真不甘心。果然還是敵不過愛情的力量呢～～早知道會這樣，我當初也向你告白就好了～～」

就連在這種情況下，霧香都能開這種玩笑。

「……那不是應該用演技去做的事情吧？」

我只能結結巴巴地如此回答。

「搞不好我是認真的喔～～說不定我其實早就在每天相處的過程中喜歡上你～～也打算在考試結束後告白呢～～」

「……別跟我開玩笑了啦。」

「啊哈哈～～那你就當我是在開玩笑吧。不過只有一件事情，我一定要說出來。」

「……什麼事情？」

聽到我這麼問，霧香臉上的笑容消失了。

然後她斬釘截鐵地——對我這麼說：

「矢野學長——你應該覺得很開心才對。」

「……開心什麼？」

「就是扮演角色與人相處這件事，以及為了製造那場驚喜而扮演開朗角色這件事。還有就是——當時跟我在一起的那段日子。」

——心臟猛然一跳。

彷彿自己隱瞞的惡作劇被人發現一樣，讓我像是企圖被人揭穿般大受動搖。

「矢野學長，雖然你說得好像那是一種不幸，而那確實也可能是你的真心話……但事情絕非只有那樣。矢野學長，當時的你——絕對是快樂的。」

然後——霧香微微一笑。

那是彷彿能讓每個看到的人都墜入情海的可愛笑容。

「這件事……請你絕對不要忘記。」

丟下這句話後，她說了聲「那麼，辛苦你了」就轉過身，從我面前離開。

她的背影逐漸遠去。

我隱約聽到她用非常小的聲音自言自語。

「……如果你沒找到容身之處就好了。」

幕間
Intermission

超級震撼彈

Bizarre Love Triangle

三角的距離無限趨近零

——我發現庄司同學跟矢野同學講完話後走過來，整個人都緊張了起來。

到底發生什麼事了？

他們到底說了什麼？

想到矢野同學的表情——他們肯定不是在談天說笑。

不過，在那股熱情尚未散去的後台，來到我面前的她臉上卻掛著柔和的表情。

「……秋玻學姊，辛苦妳了。」

聽到她恭敬地這麼說，我也低下了頭。

「嗯、嗯……辛苦妳了。」

「……啊哈哈～～妳不用那麼緊張啦～～我們不是一起當執行委員的朋友嗎～～」

「妳、妳說得對……真是抱歉。」

「真是的，不用向我道歉啦。」

說完，庄司同學輕輕揮了揮手。

然後——

「反倒～～是我要向妳道歉。對不起，我知道自己這一個月以來給妳添了很多麻煩。其實妳不擅長應付我吧～～？可是，我很喜歡妳喔～～」

不知為何……我總覺得這是她的真心話。

我還是不擅長應付這女孩。

不管是那種難以捉摸的個性，還是那種無法看透的心思……還有那些讓矢野同學煩惱的行動，我都不喜歡。

可是，這女孩對我抱持的感情確實是好感……而這個事實讓我莫名開心。

「……謝謝妳。」

我反射性地笑了出來。

這可能是我頭一次在這女孩面前，露出發自內心的笑容。

——就是因為有這種想法……

就是因為稍微對她敞開了心扉——

「所以——我要給妳一個忠告。」

當她離去的時候，在我耳邊呢喃的話語——才會讓我大受動搖。

「——繼續維持現狀到最後，不是好事吧？」

尾聲
Epilogue

同班同學

Bizarre Love Triangle

三角的距離無限趨近零

「……你真的沒事嗎？」

——在算不上訓話的簡短對話結束後，當我離開教職員辦公室時，千代田老師非常擔心地仰望著我。

「你看起來不太對勁喔……如果身體不舒服，我可以送你回去……」

「……不用了，我沒事。」

在還留有祭典餘韻的昏暗走廊上，我如此回答後便搖了搖頭。

「秋玻還在等我……我想早點去接她……」

——大家正準備去卡拉ＯＫ開慶功宴，所以千代田老師也只有在表面上給我警告。

她說：我知道你會那麼做，一定是有你的理由。你當時一定是真的別無選擇。不過，身為你的班導，既然我是學校這個組織的一分子，就非得訓斥你不可。

從今以後，千萬別再做同樣的事情了。

然而——聽著這些話的我一直心不在焉。老師原本憤怒的語氣，也逐漸轉為關心的語氣。

「……你累積太多疲勞了嗎？回家後記得好好休息喔……」

「謝謝老師……那我先走了……」

「再見……」

輕輕低下頭後，我離開教職員辦公室。

教室的布置還沒拿掉，煞風景的走廊沒入夜色。

也許是因為那些五顏六色與這種寂靜的落差，總覺得平時的走廊讓我更有親近感。

『矢野學長——你應該覺得很開心才對。』

『就是扮演角色與人相處這件事，以及為了製造那場驚喜而扮演開朗角色這件事。

還有就是——當時跟我在一起的那段日子。』

霧香指摘我的話語，在腦海中不斷迴盪。

「扮演角色」這件事，原本應該只會為我帶來痛苦，只讓我感到罪惡感才對。

她居然說我樂在其中——那不可能是事實。

我覺得應該不可能才對——

——可是……

『大家好，我是二年四班的文化祭執行委員，名叫矢野四季。從現在這一刻開始——我要暫時劫持這個節目！』

『——小弟在此宣布！今年的聯合舞台活動到此結束！感謝大家觀賞到最後！』

當時的我有什麼感覺？

是拚命忍受著痛苦？還是努力忍受著罪惡感？

——真的是這樣嗎？

其實……我當時很興奮不是嗎？

因為我的話語，周遭出現重大的變化。

讓許多的人，都能露出笑容。

靠自己的力量——把一切導向成功。

而我覺得那種事情——很有趣不是嗎？

——說自己有種罪惡感，也絕對不是騙人的。

因此陷入自我厭惡，想要繼續做秋玻與春珂所需要的自己，也是我的真心話。

——至少我覺得是真心的。

那我為何——會感到那麼矛盾呢？

我不是應該對扮演角色這件事感到幸福嗎——

我已經連自己都搞不懂自己了。

我甚至不曉得哪種想法是真的，也不曉得哪種想法才是自己的誤解。

我只是彷彿作了一場無法逃離的惡夢，懷著這樣的心情在走廊上漫步。

——所以……

「——矢野同學，辛苦你了。」

在二年四班教室前面等我的秋玻的笑容，才會讓我有種得救的感覺。

「怎麼樣？有被罵得很慘嗎？」

「……不，沒那麼嚴重啦。」

跟她一起邁出腳步後，我回給她一個微笑。

「因為老師有時候還挺寵我的……」

「那倒是真的……」

秋玻開心地掩嘴一笑。

總覺得對現在的我來說——這女孩的存在是一個重要的基準點。

光是從自己的角度，實在是無法觀測自己。

正因如此，有秋玻這個比誰都重要的女友在身邊——我的存在才得以成為真物。

「……那個，矢野同學？」

然而，秋玻——探頭看向我的臉。

「我有些話想說——」

＊

走在矢野同學身旁的同時——我莫名感到輕鬆。

光是這樣走著，腳步就變得輕快，嘴角也自然上揚。

要是一個不注意，自己好像就會哼起歌來——

——心中沒有罪惡感，已經是許久不曾有過的感覺了。

是從認識矢野同學後開始嗎？

還是從發現這段三角戀情後開始？

抑或是從知道春珂會消失後開始？

……不，肯定不是因為這些原因。

早在那些事情發生以前，從春珂在我心中誕生的那一刻開始——我就一直懷著罪惡感過活。

因為我的錯，讓春珂受了委屈。

都是因為我，讓春珂受了委屈。

都是為了我，讓春珂受了委屈。

可是——庄司同學那些話，教會了我擺脫那種心情的「唯一的辦法」。

『——繼續維持現狀到最後，不是好事吧？』

結果我只是害怕。害怕放掉自己總算得到的幸福。

害怕承認自己費盡千辛萬苦才得到的幸福——其實是扭曲的東西。

我當然會感到寂寞，也會覺得痛苦。在這之後，我肯定會獨自哭泣。

可是——我覺得這樣也好。

我想要這麼做。

因為即使得繞遠路，這也肯定是……唯一能拉近我們之間距離的路。

「……那個，矢野同學？」

我呼喊心愛的男友。

「我有些話想說。」

「……什麼事？」

微微一笑後，矢野同學看向我。

在心中暗自向他道歉後——

我——懷著開朗的心情告訴他自己的決定。

「——我們分手吧。」

矢野同學——像傻住一樣站在原地。

実行委

比起感到驚訝，他看起來更像是無法理解話語中的意義——

可是，我沒辦法繼續解釋。因為馬上就要跟春珂對調了。

所以我——決定把之後的事情託付給她。

那孩子肯定會理解的。

訊息我已經寫在胸前抱著的日記裡了。從春珂告白那天以後就再也沒動過的交換日記裡，清楚寫著我留下的訊息——

——春珂，讓我們公平競爭吧。

Epilogue
尾聲——同班同學

後記

好久不見，我是岬鷺宮。

本書便是讓大家久等的《三角的距離無限趨近零》第三集，不知道大家有沒有從中得到樂趣？

這一集是我一直想寫的文化祭故事。矢野、秋玻與春珂都積極展開行動，讓我寫起來非常愉快。因為我自己在高中時代只體驗過比較平凡的文化祭……所以有種那段灰色的回憶被淨化了的感覺……不過，雖然對矢野來說這是一次相當折騰人的文化祭，但他也留下了美好的回憶，希望他能多多包涵。

對了，離結果發表後已經過了一段時間，多虧有大家的支持，《三角的距離無限趨近零》成功入選「這本輕小說真厲害！ 2019」的文庫部門新作第三名，以及綜合第八名。

此外，由森野カスミ老師負責改編的漫畫版，也從四月開始在《月刊Comic Alive》正式連載了。

從未經歷過的一連串好消息至今依然讓我彷彿置身在夢裡。真的非常感謝大家……每當令人開心的事情發生時，我都會煩惱該如何報答各位讀者，但每次都會得到「寫出好作品就是最好的報答」這個結論，然後重新鼓起鬥志。

順帶一提，讀完這本書的讀者應該都知道《三角的距離無限趨近零》這部作品還會繼續寫下去。

以前我不知道在哪裡提過，這個故事的結局從一開始就決定了。在出版第一集的時候，我還跟責編說過這部作品應該三集就會結束。可是，因為本書得到意想不到的好評，每當我思考「在這種情況下，對故事最好的選擇是什麼」時，集數就漸漸變得比原定計畫多了。

娛樂產業在世間的存在模式已經大為改變，在這種情況下，能夠讓矢野、秋玻與春珂陪伴各位讀者更久一些，實在令我非常高興。我很感謝有這個機會讓我能更仔細地描寫他們的心情。今後也請大家繼續支持努力煩惱並且努力生活的他們。

（當然，我絕不會寫出歹戲拖棚的故事，也不會故意灌水！）

那我們就下次再見吧！三角關係還沒結束！敬請期待！

岬鷺宮

在流星雨中逝去的妳 1~2 待續

Kadokawa Fantastic Novels

作者：松山剛　插畫：珈琲貴族

以「太空」與「夢想」為主題，
感人巨作揭開序幕！

平野大地穿越時空到八年前的世界。然而他改變過去的結果，就是連他的幾位好友的命運都跟著改變，同時又相繼發生多起人造衛星失聯事件。這時視網膜APP的開發者「六星衛一」登場，而且還出現自稱「天野河星乃」，假扮成她的社群網站帳號——

各 **NT$250/HK$83**

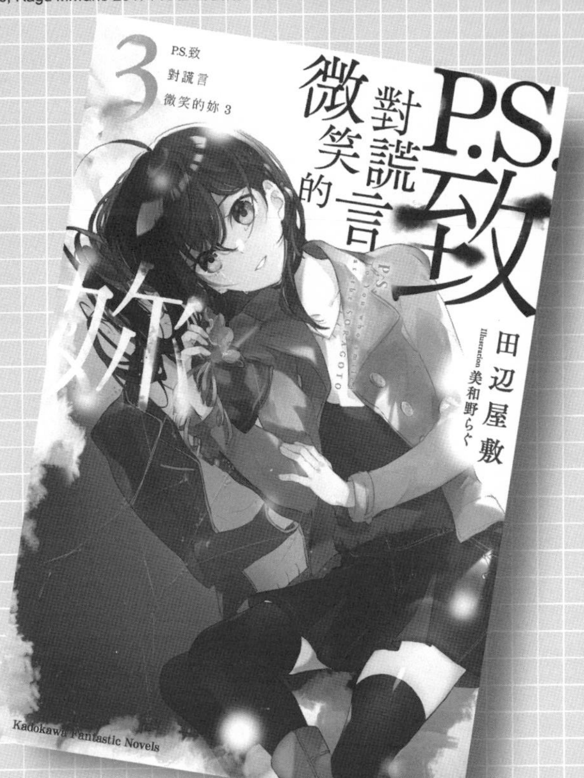

P.S.致對謊言微笑的妳 1~3（完）

Kadokawa Fantastic Novels

作者：田辺屋敷　插畫：美和野らぐ

遙香突然出現在正樹的學校，
不僅失去記憶，連本性也消失了？

　　遙香為什麼會出現在我的學校？又為什麼失去了與我之間的記憶？更重要的是，為何「遙香的本性消失了」——？為了尋找解決的方法，我試著接近變得莫名溫柔的遙香，在暖意與突兀感中度過每一天。但是在聖誕節當天，遙香說出了令人難以置信的話——

各 **NT$200~220/HK$65~75**

青春豬頭少年不會夢到紅書包女孩

Kadokawa Fantastic Novels

作者：鴨志田一　插畫：溝口ケージ

酷似童星麻衣的小學生出現在咲太面前？
另一方面，咲太母親表達想見花楓一面……

咲太在七里濱海岸等待麻衣時，酷似童星時代的麻衣的小學生出現在他面前？此外，花楓事件之後就分開住的咲太父親傳達長年住院的母親「想見花楓」的心願。家人的羈絆，新思春期症候群的徵兆——劇情急轉直下的青春豬頭少年系列第九彈！

各 **NT$200~260/HK$65~78**

喜歡本大爺的竟然就妳一個？ 1~8 待續

Kadokawa Fantastic Novels

作者：駱駝　插畫：ブリキ

「勝利的女神」以活潑公主的樣子出現？
棒球少年與自由奔放少女一起度過了夏天……

「勝利的女神」這種東西，會突然從體育館後面的樹上掉下來耶，還會不客氣地一腳踩進我的內心世界。投手和球隊經理漸漸縮短了彼此之間的距離……應該是這樣，可是有一天，公主突然對我說「再見」，然後就消失了。就先聽我說說這個故事吧。

各 **NT$200~250/HK$60~83**

國家圖書館出版品預行編目資料

三角的距離無限趨近零 / 岬鷺宮作 ; 廖文斌譯. -- 初版. -- 臺北市 : 臺灣角川, 2020.04-
冊 ; 公分. -- (Kadokawa fantastic novels)

譯自 : 三角の距離は限りないゼロ
ISBN 978-957-743-697-9(第2冊 : 平裝). --
ISBN 978-957-743-887-4(第3冊 : 平裝)

861.57 109001892

Kadokawa
Fantastic
Novels

三角的距離無限趨近零 3

（原著名：三角の距離は限りないゼロ 3）

2020年7月13日　初版第1刷發行
2023年3月16日　初版第4刷發行

作　者：岬鷺宮
插　畫：Hiten
日版設計：鈴木亨
譯　者：廖文斌

發行人：岩崎剛人
總編輯：蔡佩芬
編　輯：孫千棻
美術設計：吳佳昫
印　務：李明修（主任）、張加恩（主任）、張凱棋

發行所：台灣角川股份有限公司
地　址：104台北市中山區松江路223號3樓
電　話：（02）2515-3000
傳　真：（02）2515-0033
網　址：www.kadokawa.com.tw
劃撥帳戶：台灣角川股份有限公司
劃撥帳號：19487412
法律顧問：有澤法律事務所
製　版：尚騰印刷事業有限公司
ISBN：978-957-743-887-4